Geliebter

TraumMann

Mein Macho

Autorin: Dorothea Maria Eckert

1

Eine wunderbare und herzerfrischende, ungewöhnliche Liebesstory, die aus 43 Ehejahren schöpft:

Wer könnte da noch wegschauen, anhand dieses Fotos, was Gustav Klimt s weltbekanntes Gemälde, „Der KUSS" – nicht besser hätte demonstrieren können.

Neuzeitliche Demonstration aus dem Jahr 1971, mit ganz profanen Protagonisten, wie:

„Tasso und Doro, ein Kuss".

Ein Kuss von unzählig vielen, in knapp dreiundvierzig, außergewöhnlichen Jahren (siehe auch „2 Deutsche Diktaturen" – 2. Buch der Trilogie.

Der weltbekannte Maler Gustav Klimt,
„Fahnenträger des Jugendstils der Malerei",
wusste ganz genau, um die Faszination eines
Kusses („Der Kuss" von Klimt); angesichts der
Tatsachen von „Dem Liebespaar von 1908".
Sei es vom Maler Klimt oder „nur ein Kuss", aus
der 70-iger Jahren Realität; es bleibt ein Kuss,
ein Kuss, der allein schon für sich spricht;
abgesehen von unzähligen Gefühlen, die dabei
von beiden „Teilnehmern" integriert werden; in
jeglicher Art und Weise, hingebungsvoll, bis hin
zur Selbstaufgabe und Besinnungslosigkeit der
wallenden, sinnlichen Anziehung.
Stellen wir uns nun, hintergründig, mit den
Gedanken an diesen intensiven und genüsslichen
Kuss, die Frage, aller Fragen:
„Gibt es sie, die eine große, einzige Liebe"?
Verzetteln Sie sich jetzt, bei der Überlegung zur
Beantwortung der Frage nicht damit; ob Sie nun
zwischen Mann und Frau, Frau und Frau und

3

Mann und Mann existieren sollte!

Die einzig wahre Frage ist, gibt es sie oder gibt es sie nicht:

„Die alleinige große Liebe zu einem einzigen Menschen ?

Wenn Sie mir vertrauen möchten, wäre dies ein erster Schritt zur Beantwortung unserer bzw. Ihrer Frage; lesen Sie, amüsieren Sie sich, glauben Sie mir und bilden Sie sich dann ein eigenes Urteil, aus dem, womit ich Sie jetzt unterhalten möchte:

Geliebter, TraumMann, Mein Macho Kann man einen ausgewachsenen Macho einfach so lieben, lieb haben, gern haben, wirklich lieben?

Ja, man kann!

Ich persönlich konnte es knapp 43 Ehejahre lang. Es war eine Herausforderung, ohne Frage, es war berauschend, lebendig, wahrhaftig, amüsant, absolut, ein nie endender „Kampf der Geschlechter", wo bis zur endgültigen Klärung, mal der eine „siegte" und mal der andere.

Was dann folgte, nannte man „Versöhnung"; ich glaube mich zu erinnern, dass von diesem Wort, von diesem Begriff, kaum noch gesprochen wird und wenn ja, dann im Rahmen von politischen Handlungen, ha, ha!
Versöhnung jedoch, so, wie wir, die „ Generation, der Lebenserfahrenen", sie kennt, ist bzw. war etwas ganz Besonderes, das Allerschönste auf der Welt, was sich ein Liebespaar, gönnte oder gönnen sollte.

UND bei uns sah das so aus:
Mein Macho, der nach seinen eigenen Aussagen

sehr oft der Verursacher am „Kampf der Geschlechter, innerhalb unserer Ehe" war, ist flugs am nächsten Tag, nach unserem „innerbetrieblich Ehe-mäßigen Verschiedenheitsdisput" und nach seiner „Aufopferung im Beruf, seiner Arbeit", einkaufsmäßig unterwegs; mit dem Ziel und der Hoffnung, mit dem Eingekauften die „Wogen wieder glätten zu können", damit wieder ein Leuchten im Gesicht seiner kleinen Kirsche, seiner Morgensonne zu entdecken ist. Nachdem ich, ebenfalls dann nach Arbeitsschluss, unsere Wohnung betrat, blickte ich zuerst auf einen großen und wunderschönen Blumenstrauß, auf dem Küchen- oder Stubentisch platziert; tatsächlich auch schon in einer Vase und tatsächlich auch mit Wasser versorgt; eine unglaubliche Leistung des vielbeschäftigten Ehemannes; der gewöhnlich, nach eigenen Aussagen, „Ganz andere Zahlen im Kopf hatte" und somit eine Leistung vollbracht hat, die weder einem Geliebten, noch einem TraumMann und schon gar nicht einem Macho ähnlich ist. Riesiges Erstaunen lässt mich inne halten, bevor ich ein großes DIN A4-Blatt entdecke, auf dem schriftlich, auf den Inhalt des Kühlschrankes verwiesen wird, der von mir zu besichtigen sei. Bereits auf seinem A4-Blatt vergab er unzählige Küsse und Küsschen und versprach, wieder einmal, aus einem Buch „meiner Wahl" vorzulesen oder den Inhalt einer seiner seltenen Filme, originalgetreu nachzuerzählen; was geradezu vollkommen und sich jedes Mal zum niederknien schön erwies; durch seine warme, erotische, ausdrucksstarke und anheimelnde Stimme, die einen unendlich träumen ließ und träumen wollte ich damals, ohne Ende !!! Seinem Hinweis folgend, den Kühlschrank zu inspizieren, entdeckte ich dann sehr oft, in diesem; einen trockenen Sekt oder Champagner,

Fisch oder eingelegte Scampi, Schinken, geräucherten Fischrogen und viele andere, von uns beiden bevorzugte Leckereien.

Die Stimmung war dann wunderbar und das Nebeneinander und aneinander schmiegen, während man von allem naschte und genüsslich an den Getränken nippte, ließ ein wohliges Gefühl und eine sehr enge Vertrautheit aufkommen. So manchen Abend sind wir, nach Versöhnung und wunderbaren Genüsslichkeiten und dem Bewusstsein unzertrennlich zu sein, nach vielen interessanten Geschichten, des Vorlesens vom Macho und den Küsschen „hier und da", wie kleine süße Kinderlein, eng umschlungen eingeschlafen.

Es kam dann auch schon mal vor, dass mein geliebter Macho, am anderen Morgen, während er mich sprichwörtlich vor unserem Leger, unserem Bett „aufstellte", weil die wenigen Nachtstunden, nicht wirkliche Lebensenergie zurückgebracht hatten. Fragend, mit irritiertem Gesichtsausdruck, sprach er mich dann an: ,,Haben wir das alles tatsächlich allein gegessen und getrunken….und bis zur wievielten Seite im Buch, bin ich gekommen"?

Das willst du jetzt nicht wirklich wissen?

Du beginnst ganz einfach nochmal auf der 1. Seite des Buches und was das Essen und Trinken angeht, da bat ich, nach Mitternacht, unsere Nachbarn hinzu" !!!!!

Ein breites Grinsen vom TraumMann und ein beiderseitiger, dicker Kuss besiegelten und begleiteten mein weiteres, lustiges Gequassel, auf dem Weg zum Bad; nach einem, wieder mal, unvergleichlichen ,,Abend und einer Nacht der Versöhnung" !!!

Lebt und agiert man zwischenzeitlich so, im Alltagsdasein und im übrigen Leben, dann wird es niemals langweilig, nicht einmal in knapp 43 Ehejahren.

Anbei ein kleiner Tipp direkt hierzu: Sie können Einiges speziell diesbezüglich,
in: „2 Deutsche Diktaturen" u.a. und gemischt mit vielen außerordentlichen und historischen Ereignissen und Erlebnissen nachlesen; wie auch im „Füchslein Ferdinand", 1. Buch meiner Trilogie, mit dem Sie beginnen sollten.

Foto: 1968 „Der Koffermann"

WENN MAN DEN BLICK NICHT ABWENDEN
KANN und extreme Nähe fühlt !!!

„Geliebter,TraumMann, Mein Macho"
Eine erfrischend lustige
„Ehe-Auto-Biographie" -
erzählt von:
Dorothea Maria Eckert, Autorin; das bin ich, Ihre Schreiberin und Unterhalterin.

Unterhaltsam für Männer und Frauen allgemein; für Omis, für Schwestern, für Tanten, für Freundinnen, für Mädchen, die Frauen werden wollen und solche, die ihre ersten „Ehegehversuche" schon hinter sich haben; für alle, die Spaß haben möchten und sich amüsieren wollen, egal, welchen Geschlechtes, welcher Sexualität, welcher Nation und Religion: ich freue mich sehr, Sie „ALLE" als meine Leser begrüßen zu dürfen.

Mein Leitgedanke

Lebt Euer Leben, so lang ihr jung und knusprig, agil, fit, voller Tatendrang und einem unbesiegbaren Willen seid oder zumindest glaubt, ihn zu besitzen; eine Altersbegrenzung gibt es hierfür nicht, lebt Euer ureigenstes, selbst gewähltes Lebenskonzept und weicht nur davon ab, wenn es überzeugende Argumente dagegen gibt; ES IST EUER LEBEN; Ihr dürft es nur ein einziges Mal genießen !!!

Kein Macho-Spruch und kein Spruch aus der Kneipe nebenan, nein, absolut nicht !
Sondern aus persönlichen Lebenserfahrungen, einer ehrlichen, taffen, jung gebliebenen und selbstbewussten Frau, mit inzwischen insgesamt knappen 70 Lebensjahren, die täglich auf ihrem Drahtesel unzählige Kilometer strampelt; egal ob bei Sonne, Regen, Eis und Schnee, eine Frau und Omi, die weiß, wovon sie spricht: Diese knappe Zeit, in der ihr euch so fühlt, als könntet ihr Berge versetzen, zum Himmel reisen, Bäume ausreißen und lieben ohne Ende; romantisch, unverdorben und göttlich und vor allem, jeden Morgen, ohne Sorge und mit Vertrauen und Begeisterung in den Spiegel schauend, denn, der ist offen und ehrlich, der lügt nicht. Diese wirklich sehr kurze Zeit, läuft unwiderruflich: **„Wie ein Ross, von Wölfen gejagt, eilends davon"** *!!!*

Das was ihr dort noch im Spiegel seht, akzeptiert ihr; ihr denkt nicht darüber nach, noch nicht, nicht darüber, dass es mal ganz anders kommt, nicht aufzuhalten ist, soviel ist sicher.

„Faltenfrei"....ist das Spiegelbild, dass ihr sehen könnt; na, klar doch, selbstverständlich, aber ja doch – es ist das Spiegelbild der unverkäuflichen, unübertroffenen, viel besungenen und angebeteten JUGEND .

Eine JUGEND, die jedem Menschen zur Verfügung steht, kurz zur Verfügung steht und sich dann, rasend schnell, auf den Weg macht, um zu entkommen, sie entflieht und irgendwann gehört sie zu eurer Vergangenheit.

DOCH: Nichts ist so unermesslich schön, einzigartig, sagenumwoben, wie „Schönheit und Klugheit" und dies möglichst im Doppelpack !!! UND um wie viel reicher wären wir Menschen, nicht an Geld und Gut, sondern an diesen beiden Eigenschaften, blieben sie uns bis in die Ewigkeit erhalten !!!

Nicht alle Wünsche erfüllen sich im Leben, so auch nicht dieser; machen wir also das Beste daraus.....UND DAS GEHT SO:

Trotz meines Lebensalters von knapp 2x 35 Lebensjahren, bin ich stolz und sehr selbstbewusst; wobei das eine vom anderen abhängig ist, ich bin eine charismatische Frau, wie man mir ständig erklärt; mit Falten im Gesicht und anderswo; ein Aussehen, das mir das Leben überreicht hat, überreicht und zugestanden, nach vielen schönen und weniger schönen Lebensjahren, mit dem ich jetzt täglich umgehe, umgehen muss, wie Millionen anderer Menschen auch.

Natürlich stehen wir immer wieder zu dem, was wir in unserem Gegenüber, in unserem

Spiegelbild sehen, wir alle, liebe „Mädels und liebe Jungs"; was bleibt uns auch weiter übrig! Nun könnte man weinen und jammern, wo ist sie hin, diese schöne, sorglose, unglaubliche Zeit, die Zeit der Unbekümmertheit, die den belächelten Hinweis einbrachte, „jung und dumm" in einem Verhältnis zu sehen !!!
Schlaue Mädchen und schlaue Jungs wissen spätestens jetzt, das bringt niemanden etwas

UND es gibt nun hier, nur eins, was wirklich hilft: „Gluteus Maximus" (Popo) in Spannung versetzen, gerade stehen, Kopf hoch, Schulter nach hinten, Brust heraus .....und weiter geht's; lächerliche Gesichts- und anderswo Fältchen sollen uns doch nicht etwa von einem weiteren, möglichst angenehmen Leben, fernhalten, niemals....ha, ha, ha....soweit lassen wir es nicht kommen !!!

Hier ist meine Empfehlung, an alle, die ein wenig darunter leiden, dass wir nach einigen mehr oder weniger wunderbaren Lebensjahren, nicht mehr so ganz aussehen, wie auf unseren Fotos, die wir überall anerkennend herum zeigen, die man von uns vor über X-Jahren einmal angefertigt hat:

Es geht nicht darum, „F+F" (Falten und Fett) und anderes zu kaschieren; es geht darum, würdig, selbstbewusst und ansehnlich, wenn nicht gar verführerisch weiterhin zu sein und auch so zu leben. Natürlich sind wir es immer noch, wir in Person und wir denken noch so, wie wir gedacht und gefühlt haben, als wir jünger waren; nur unser „Gesicht, unser Körper und unser Gesamtbild" hat sich „ein wenig" verändert und es muss uns gelingen, dazu zu stehen, denn auch ein „Macho" altert irgendwie; nicht so wie wir Frauen, doch eins sollte er, egal welcher

Macho, wissen und verinnerlichen:
Unter all' den Mädels gibt es sehr viele, die
diesen Satz aus dem Lied von Dalie Lavi nur zu
genau sich eingeprägt haben und danach leben
und handeln werden !!!
Dieser Satz im Lied lautet, wie folgt:
lalalala......und das ist gut so: ....so und

so....lalala....**"dann muss der Mann und nicht**

die Falten weg" !!!
Lest euch das fett Gedruckte bitte mehrfach
durch, und nun legt ein Schmunzeln auf eurer
Gesicht.....es könnte die Lösung sein....lalla lala;
Dank der israelischen Sängerin Dalie Lavi.
Als ich dieses Lied, in den 70iger Jahren, das
erste Mal von Dalie Lavi singen hörte, war ich
noch blutjung !!!Doch dieses Lied, es faszinierte
mich ungeheuerlich; ich sprang in in der Stube
herum und tanzte danach und war mir ganz
sicher, genau, das werde ich tun, wenn ein

Mann, den ich liebe, irgend etwas an mir ungerechter Weise bemängelt und nicht mehr zu mir steht !!!

Nun ich tat es nicht, weil es nicht nötig war, denn, mein Macho liebte mich damals und auch später, immer weiter so, so wie ich war bzw. geworden war !!!

Fazit:

Männer, die uns lieben ohne wenn und aber, sind die wirklichen „Männer"; was zählt bist du, als Frau, als Mädel, als Geliebte, als Mutter seiner Kinder, eine Frau, die er nie verlassen würde, NUR, weil da sich unterhalb der Wange, um die Augen herum oder am Kinn sich winzige „Unebenheiten" breit gemacht haben, die man Falten nennt und die von den Menschen auf dieser Welt total überbewertet werden.

Schaut mal nach Paaren, deren Gesichter mit diesen „Unebenheiten" bedeckt sind und wie sich diese, noch immer verliebt, in die Augen schauen; wie vertraut sie miteinander umgehen. Es ist nicht zu toppen, von etwaigen Frauen, deren Gesichter, einem ausdruckslosen, wortkargen, nie lachendem, aufgeblasenen „Luftballon" gleichen; nur um etwas festzuhalten, was nicht festzuhalten ist und was von ehemaliger Jugend, in Würde und Stärke des Alters wechselt.

Kein Reichtum der Welt kann „Jugend und Schönheit" jemals zurück holen; dem lieben Gott sei Dank dafür.

Ihr „Alle" seid schön, WIR, jeder auf seine eigene Art, es geht nun nicht mehr nur darum, ein tadelloses Spiegelbild zu haben, NEIN: liebevoll und charismatisch, Intelligenz und Ausstrahlung spielen nun „Die erste Geige" und es ist eine Verpflichtung, jeden Morgen und jeden Abend,

sich diesen Leitgedanken einzusuggerieren; tut es, versucht es, es wirkt absolut !!!
Vertraut mir, einer Frau, lebenslustig, offen und ehrlich, real und glasklar; einer „Zeitzeugin aus 43 Ehejahren"; verheiratet mit nur einem einzigen Mann, einem Mann, der alles toppen konnte, was auch immer Freundinnen und Kolleginnen von anderen Männern, coolen Kerlen, Machos und Herzensbrechern zu berichten hatten:

„Der Meinige, war ganz einfach: der „Ober-Macho" !!!

Lest, fühlt mit, erinnert euch,
schmiedet euren Plan, wägt ab,
lacht und amüsiert euch !!!

Viel Spaß dabei; eventuell könnt Ihr das
eine oder andere sogar „verwenden" !!!
Es gibt immer Ähnlichkeiten,
Vergleichsmöglichkeiten und
Lebenserfahrungen, die man gegenüber
stellen kann, die einem helfen, bestimmte
Dinge zu regeln und zu regeln, haben wir
alle doch genug !!!

So geht's weiter:

„Geliebter,TraumMann, Mein Macho"
und sein „Sonnenschein"; zusammen und
real auf diesem Foto: 126 Jahre !!!

Die schönste und zugleich intensivste Zeit eures Lebens ist die Zeit, wo ihr gezielt danach sucht, probiert und experimentiert, euer Leben irgendwie zu planen, ihm einen Rahmen und einen tieferen Sinn zu geben.

Ihr sucht euch einen Mann oder eine Frau, die euer Herz berührt, so berührt, dass ihr nicht mehr klar denken könnt, euch ein wohliger Schauer den Rücken herunter rinnt und ihr der Meinung seid:

„Gleich werde ich verrückt vor Anziehung und Liebe"!

Spätestens dann, irgendwann, genau zu diesem bestimmten Zeitpunkt, ist es soweit: Ihr habt den richtigen Partner gefunden; es war mühevoll, aufwendig und ihr seid trotz allem noch im Zweifel; vertraut nun eurem eigenen Urteil; denn, mit genau diesem Partner solltet ihr, ab jetzt, durch „Dick und Dünn" gehen und ob es nun ein „Macho" oder eine sehr eigensinnige Frau ist; sie, er wird von euch geliebt und die Liebe, die ihr erfahrt, ist ebenso unbeschreiblich und ein „Geschenk des Himmels". Natürlich könnt ihr auch allein bleiben, doch allein sein, ist oft langweilig, ohne Herausforderungen, ohne einem wirklichen Glückshoch, ohne Versöhnung, ohne innige Liebe; doch mit der Tatsache versehen: „Dass man Probleme bekommt, die man allein nie gehabt hätte", was nun wiederum für die spricht, die keine Ehe mögen! Ihr habt die Qual der Wahl; entscheidet Euch, je nach Mentalität **UND, wenn Ihr es niemals ausprobiert habt, wisst Ihr nicht, wovon andere reden !!!**

UND auch was Euch entgangen ist, werdet Ihr nie erfahren: „Wer nicht wagt, der nicht gewinnt"!
Nur ein Feigling, sagt prinzipiell, NEIN !

Die wichtigste Voraussetzung ist, man mag
Männer und Frauen im Allgemeinen; ich mag sie,
die MÄNNER; sie haben mich nie enttäuscht,
egal, ob Vater, Bruder, treuer Ehemann oder
geliebter Sohn.
Glaubt an die „LIEBE", sucht sie und ihr werdet
sie finden, wenn nicht heute, dann morgen....es
gibt sie....soviel ist sicher....und ich persönlich
wünsche Euch/Ihnen den größten Erfolg dabei !!!

Verliebt sein und geliebt werden, kenne ich nur
zu genau; erfüllte fast mein ganzes Leben lang;
durch dich, meinen lieben Macho, meinen
Geliebter und meinen TraumMann **kam ich in
diesen Genuss und zu diesem Lottogewinn:
„LIEBE, Verliebt sein und Geliebt werden".**

Ich liebte dich und liebe dich noch immer,
obwohl du nicht mehr bei mir bist; ich werde
dich auch noch als uralte Schachtel lieben, sofern

der liebe Gott es mir erlaubt, weiterhin hier unten zu bleiben oder mich doch kurzfristig zu dir schickt!

Du warst mein Leben, mein „Ein und Alles" und dein Kampf, nach der Geburt unseres Sohnes, noch immer die Nr. 1 zu sein, bleiben zu bleiben, nahm zeitweise riesige Dimensionen an; doch irgendwann hast du eingesehen, dass du auch, nach der Rückstellung vom Platz 1, den ab sofort, mein nicht zu toppender, allergrößter Liebling, unser süßer Sohn, einnahm, auf Platz 1.1.; mein Ehe männliches „Ein und alles" bleiben würdest, immer und ewig, so wie versprochen.

Von da an ging alles wieder seinen gewohnten Gang in Sachen „inniges Miteinander" und wir lebten ein Leben, was sehr viele in unserer Umgebung nicht kannten und auch nicht nachvollziehen konnten bzw. wollten.

Wir fühlten uns wohl dabei: dass du lautstark ankündigtest, was zu machen sei und in der darauf folgenden Handlung, es so gemacht wurde, wie ich es, deine liebe Frau, dein Sonnenschein, zuvor vorgeschlagen hatte !!! Du akzeptiertes permanent; mit einem unübersehbaren wunderbaren, herzlichen Schmunzeln !!!

„Regierung ODER Opposition", was spielte das schon für eine Rolle; wichtig war, dass es

funktionierte und es funktionierte, in verteilten Rollen UND in abwechselnden „Führungsfunktionen", für SIE oder IHN, innerhalb unserer Ehe, 43 Jahre lang.

Kamst du ad hoc dahinter, dass ich dich clever wieder einmal umschifft hatte, nur um dir zu gestatten, der Macho zu sein, dann hast du mich ganz fest in deine Arme genommen und kaum wieder los gelassen; du hast gescherzt und geküsst, gleichzeitig und mit Leidenschaft und abschließend in mein Ohr geflüstert:

„Du weißt nur zu genau, wie man mit Macho's umgeht" und das liebe ich an dir!

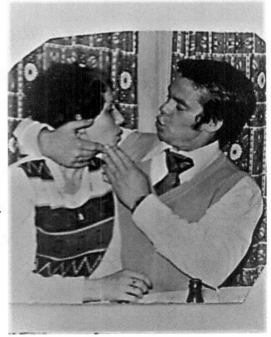

Ein Gezicke um Macht und Geld oder gar, um das Sagen zu haben, innerhalb unserer Ehe, war uns total fremd und wir sahen befremdlich zu, wenn es andere Ehepaare in unserer direkten Umgebung praktizierten.

Eine Gleichberechtigung, die nie erzwungen, aufgeschrieben, gefordert oder verlangt wurde; war ganz einfach da, da für uns Beide und eine absolute Selbstverständlichkeit zwischen zwei Liebenden. Es war wie das „Amen in der Kirche"; das Amen in unserer gemeinsamen Ehe und das liest sich so:

- Warum sollte der Mann mehr Privilegien in einer Zweier-Beziehung haben; worauf sollte sich diese „Vorherrschaft" begründen?
- Warum sollte die Frau sich unterordnen; wo sie doch, durch Arbeit, Haushalt und Kindererziehung einen weitaus größeren Arbeitsaufwand, innerhalb dieser Beziehung, hat?
- Warum sollte man überhaupt darüber nachdenken, dass, wenn zwei Menschen zusammenleben, einer dieser Menschen, mehr Rechte, als der andere haben sollte, wozu und warum ???

Ein Macho ist laut Duden: ein sich übertrieben männlich gebender Mann, der sich von seiner Frau bedienen lässt etc. .

Hier gerade „Meiner", mein Ober-Macho, im Kopf-Handstand.

Nun ja, bei dieser Definition, können wir davon ausgehen, dass alle Männer, die so um die Zeit von 1900 bis mindestens 1970, geborene „Machos" waren, denn in dieser Zeit gab man dieses „Erbe" permanent, mit absoluter Selbstverständlichkeit, von männlicher Generation zu männlicher Generation, weiter: UND praktizierte dies im Familienverband in „Untergebenheit" der Mädchen und Frauen, in jedem Verbund und in der Öffentlichkeit.

Wer kennt es nicht von seinem eigenen Zuhause, aus den Jahren, wo Emanzipation, für fast alle,

34

besonders für die Männer, auf dieser „Erdkugel"
noch ein Fremdwort war bzw. niemand, absolut
niemand aus der „Herrschenden Männerriege"
bereit war, diese Situation zu verändern.
Wir Frauen, die wir, Väter, Onkel, Brüder und
egal, wen noch, der nur Hosen, Jackett und
Krawatte trug, zu bedienen hatten bzw. es für
selbstverständlich gehalten wurde, nach dem
kirchlichen Grundsatz: „Die Frau ist dem Manne
untertan"zu verfahren.
„Sklaventum für Frauen", ohne, dass man sich
dabei gar schämte, dies der Frau abzuverlangen!
Die, die es besser wussten oder gar etwas
verändern wollten, wurden als unangenehme
bzw. gar gefährliche „Artgenossen"bezeichnet.
Doch alles hat seine Zeit und auch diese Eigenart
der Menschheit hatte irgendwann „ausgedient",
zumindest in weiten Teilen der Welt und wir
modernen Frauen würden es niemals zulassen,
dass diese „Eigenart" jemals eine Renaissance

erfährt!

Frauen in der DDR hatten mit Gleichsetzung dem Mann gegenüber und der Gleichbehandlung, wie auch der Gleichberechtigung, der Emanzipation keinerlei Schwierigkeiten; SIE wurden von staatlicher Seite her, von Anfang an, dem Mann gleichgesetzt, beruflich, gehaltlich, familiär und in jeder anderen Art und Weise; der Staat war darauf angewiesen, Frau und Mann im Sinne des Sozialismus, als eine Einheit, zu sehen, sie so zu „erziehen", sie als Genossen, in der Wirtschaft, in der Politik, im gesamten Arbeitsleben, kompakt zur Lösung der anstehenden Arbeiten „zu verwenden", um den Sozialismus, ohne Querelen und Störungen aufbauen zu können.
Jeglicher Berufszweig wurde von Männern und Frauen, gleichzeitig, gezielt besetzt, egal, ob im normalen Bereich oder in der Führungsebene.

Jedes Geschlecht hatte alles zu geben und auch zu leisten, **Abstriche, in Bezug auf Leistung, unter Beachtung des Geschlechtes, wurden ebenso nicht gemacht;** man war ja gleichberechtigt. Als Frau hattest du das zu leisten, was dein männlicher Arbeitskollege auch leistete; am gleichen Arbeitsplatz- und Ort, für gleiches Gehalt; das nannte man Gleichberechtigung, die konnte in diesem Moment „gut und auch schlecht" sein! Erziehung, Ausbildung und jegliche Bildung wurde für weibliche und männliche Kollegen gleich, absolut gleich, gestaltet und forciert; natürlich in Richtung und Vorhaben, letztendlich, der Deutschen Demokratischen Republik zu dienen.

Es gab keinen „Geschlechterkampf", Mann und Frau waren vor jeglichen Gesetzen, Verfügungen, Richtlinien,Verhaltensweisen und Mustern, die der demokratischen und sozialistischen Republik inne waren, absolut gleich zu behandeln, zumindest theoretisch; was auch manchmal zusätzlich schriftlich festgelegt wurde.

Auszeichnungen, materieller und ideeller Art waren in gleicher materieller Höhe und ideologischer Anerkennung für geleistete Arbeit, zum Aufbau des Sozialismus, absolut gleich, an männliche, wie an weibliche Kollegen auszugeben! Man sprach von KOLLEGEN insgesamt; egal, ob es um männliche oder weibliche Personen ging. Die Tatsache, dass Frauen, Anfang der 70iger Jahre, in der Bundesrepublik, die Genehmigung ihres Ehemannes benötigten, um ein Konto auf der Bank zu eröffnen oder gar arbeiten gehen zu dürfen; hätte in der DDR, eine „Frauen-Revolution" ausgelöst; wäre schier undenkbar, unglaublich und absolut inakzeptabel für DDR-Frauen gewesen.

Sie hätten sich gebogen vor Lachen oder wären auf die Barrikade gestiegen; soviel ist sicher !!!

Doch waren sie deshalb glücklicher......das sei dahin gestellt....freier und gleichberechtigt, dem Manne gegenüber, ganz sicher, a b e r macht das auch insgesamt glücklich oder glücklicher ???

Wie auch immer sich die Geschichte der Menschheit und die im Besonderen von Mann und Frau entwickelte oder eben in verschiedenen Jahrhunderten praktiziert wurde; ICH habe mir persönlich, mein eigenes Leben, diesbezüglich und aus der Vergangenheit meiner weiblichen Vorfahren lernend aufgebaut, was sich so gestaltete:

Ich liebte ihn, meinen Macho, meinen TraumMann mit Haut und Haaren, mit all' seinen Macken und seinen mehr oder weniger,

laut oder leisen ,,Wutausbrüchen", die anstanden,
wenn er aus seiner Schule, vom Trainingsplatz,
aus Versammlungen oder vom Rapport mit
seinen jeweiligen Chefs kam.

Dann musste erst einmal laut und anhaltend
diskutiert werden! Mit wem; mit seiner Frau
natürlich, auf deren Meinung er sehr großen
Wert legte, denn sie hatte ja da noch diesen
,,Nebenjob" als Beraterin, schmunzel...schmunzel!
Letztendlich wurden selbst die von ihm
nachfolgenden Handlungen explizit und im Detail
abgesprochen; denn so funktioniert ,,Demokratie
in einer Ehe", meinte er und sagte es mit
überzeugendem Brustton, jedem, der es hören
wollte oder auch nicht , ha, ha!

WAS GAB ER MIR, dass ich ihn so nachhaltig lieben konnte?

Es waren seine Umarmungen, seine Gesten, seine Blicke, seine Küsse, seine Liebe, seine nie endende Leidenschaft und seine permanent initiierte reale Zugehörigkeit zu mir, seiner Frau und seinem Sohn, sein Verständnis und seine Zustimmung zu all' meinen Projekten, die Erfüllung meiner Wünsche UND seine unendlich vielen Blumensträuße, die jedes Wochenende auf meinen Tischen oder Regalen (egal, in welcher Wohnung) herum standen UND so vieles, vieles mehr, wie:

Geliebter, TraumMann, MEIN Macho,
58 Jahre jung und „unwiderstehlich" cool .

Es war sein Verständnis für meinen Kummer,
egal, welcher Art, seine morgendlichen,
schriftlichen Liebesbekundungen und sein
dauerhaftes Miteinander, nur mit mir, in
engster Art und Weise, egal, wie oft ich ,,Zicke
oder Blödchen" war, UND weil er Dinge sagte,
die mein Herz wärmten und berührten;
abgesehen von einigen Ehejahren, in denen er
mir, mit seiner unglaublich warmen, erotischen
und wohlklingenden Stimme, Bücher,
Geschichten und Gedichte vorlas UND er liebte
unseren gemeinsamen Sohn mit ganzer Kraft
und ständiger Sorge um ihn, dass ihm was
passieren könnte UND wie wichtig und
ausschlaggebend ist das !!!
,,Das alles und noch viel mehr, ,hielt unsere Liebe
in reizvoller, dauerhafter Bewegung !!!

WIR DREI; damals 1971, 1972, 1973

So sehr er auch der Prototyp eines Ober-Macho „ersichtlich und praktizierend" war, so sehr war er auch von seiner ureigensten, höchst persönlichen Theorie überzeugt: dass, die Frau, zumindest die meisten Frauen, das „stärkere Geschlecht", im praktischen Vergleich zum Manne, seien. Was nun wiederum zu der Überlegung zwangsläufig führen musste, dass dieser spezielle Macho, eine sehr gute Meinung von Frauen haben musste !!!

Zweifelte jemand seine These an, dann hagelte es an „Überzeugungsbeispielen"; aus dem gemeinsamen Leben mit seiner eigenen Frau: „ 2 Deutsche Diktaturen"); ausführlichste Beschreibung einer 43 Jahre währenden Liebe, innerhalb zweier „Deutscher Staaten, gleicher Nation", in jeweils über 20 Ehejahren; „in der DDR und der BRD".

„Alle"Männer, egal ob Macho oder nicht, egal ob stark, muskulös, groß, klein, schön oder hässlich, männlich oder weich, wie
Butter, SIE ALLE mögen „verführerische Frauen"; keine, die autoritär, besserwisserisch oder gar ober cool ist, soviel ist sicher und soviel war klar........u n d ....auch „meiner" gehörte zu ihnen, zum starken Geschlecht, mit dieser Denkweise (Ausnahmen bestätigen die Regel) !!!
DENN – Männer lieben Frauen und in ihnen das Wesen eines „Mädchens", unbekümmert, leicht und möglichst friedlich, neugierig und aufgeschlossen, aber sie lieben auch die Frau, mit dem Wesen der Mutter, fürsorglich, umsorgend, verständnisvoll und die Frau, mit dem Wesen der Frau, als leidenschaftliche Frau, als Ehefrau, die den Mann, in ihrer gemeinsamen Liebesbeziehung absolut akzeptiert und umgarnt, denn auch das mögen Männer !!!

DENN – Männer sind ehrlich, gediegen und echt, Männer sind nobel und immer gerecht, Männer sind tolerant und sanft, eine unwiderrufliche Aussage und Behauptung MEINES MACHO, die er mit absoluter Überzeugung äußerte !!!
"WIR" (Männer) sind das weichere, das feinere, das absolut schwächere Geschlecht", soviel ist sicher!
Ich glaubte es ihm, denn ich hatte ja so ein Exemplar jahrelang in meiner direkten Nähe.

Manche von euch, Frauen und oder junge Mädchen werden jetzt schmunzeln und verständnisvoll nicken; machen wir uns doch nichts vor; wir, wir Frauen sind es, die dem Mann letztendlich, teils über Umwege oder mit einer kleinen List bzw. Überzeugungsarbeit sagen und raten, „was zu tun ist" !!!
Frei nach dem Motto: „Ich bin der Herr im Haus und was meine Frau sagt, wird gemacht"! Sehr

viele von euch wissen nur zu genau, mit wem sie das Bett, Sofa, Tisch und Stühle oder was auch immer teilen. Vertraute Zweisamkeit, gedanklich und praktisch „Ich für Dich und Du für mich"; aber was ist es, was uns, „IHN und SIE" zusammenhält:

- zusammen agieren, zusammen leben
- zusammen streiten, zusammen lieben
- zusammen küssen, zusammen streben
- zusammen arbeiten, zusammen feiern
- zusammen Kinder erziehen
- zusammen....zusammen...zusammen...etc.

ES IST DIE LIEBE,
- ➢ die Achtung voreinander,
- ➢ das gegenseitige Verständnis,
- ➢ das Mitfühlen mit dem anderen,
- ➢ die Sehnsucht nacheinander,

- ➤ das Verlangen, den anderen zu berühren,
- ➤ die Seelenqualen nach einem heftigen Streit,
- ➤ die gemeinsame Sorge um den Nachwuchs,
- ➤ der Respekt durch Handlungen des anderen,
- ➤ der Stolz, mit ihm zu sein UND

fehlt dies alles, fehlt auch die Liebe und auch der Drang, weiterhin ein Paar zu sein !!!

Machen wir uns doch nichts vor; nur auf einen einzigen Punkt reduziert und sei er auch noch so „formidabel", der gemeinsame eheliche Sex; er erhält und nährt keine wirkliche Liebe auf Dauer !!!

Doch wollen wir die auch….die Liebe…bis hin zum Tod…oder sollen die anderen sie leben und erfahren ?

Ich persönlich habe im Alter von etwa 20 Jahren nicht darüber nachgedacht!

Sie, unsere Liebe, begann, als sei sie vom Himmel gefallen, mit Lust und Leidenschaft, dem Erkennen: nicht ohne ihn sein zu wollen, später, nicht ohne ihn leben zu können und nach vielen, vielen Jahren noch; ich gebe ihn nicht mehr her!

Wie kam es dazu?

Es entwickelte sich ganz langsam, ganz unauffällig, man registrierte es weniger, als die anderen um einen herum, eine Art Abhängigkeit, eine Art intensive Gemeinschaft, fast eine verschworene Verbindung, zu der man teils ungewollt oder mit geschlossenen

Augen und verblendetem Blick darauf zu gerast ist.

Doch genauer betrachtet, wollten wir zwei ja „abhängig" sein, denn „unabhängig" hätte bedeutet, jeder macht Seins oder zumindest manchmal eben „Seins". Nein, das wollten wir Beide nicht, auf gar keinen Fall.
„Wir Beide" und der Begriff „gemeinsam" und auch „abhängig" in unserer Liebe zueinander, war geboren und begleitete uns in seiner Vielfalt bis zum Tod des anderen.

Hätte man sich daraus lösen können?
Ja, sicher, na, klar, das kann man !!!

Nur wir Beide, wir haben es nicht mal „probeweise" in Betracht gezogen und das war gut so; sage ich heute, hier und jetzt mit knapp 70 Jahren.

WER war er, der Geliebte, der TraumMann, der Macho ?

Ein Mann mit ausgeprägtem „Macho-Gehabe", das nach Beispielen sucht!
Übersprudelnde Arroganz in jungen Jahren, mit einer riesigen Portion aufgesetztem Selbstbewusstsein und dem frechsten Blick der Welt, mit der Aussage: „Was wollt ihr von mir; was kostet die Welt; die Welt, die ihm zu Füßen liegen sollte" und spaßig fügte er sehr oft hinzu: „Jemand Sehnsucht nach einer starken Faust" und dieser „dumme Spruch", ließ fast alle um ihn herum schmunzeln; doch man ließ ihn somit auch weitestgehend in Ruhe; verhielt man sich kollegial, freundlich und kooperierte, dann war man der beste Freund, niemals „Kumpel".

Behandelte man ihn ohne Achtung, mit anmaßendem Ton oder fehlenden Respekt, dann sollte man doch schnell zusehen, dass man außer Reichweite gelangte.

Ein Löwe, in Dauer „Hab acht Stellung", den man besser nicht reizt; wie ein Kollege von uns Beiden mal zum Besten gab.

Wer mit ihm, im gegenseitigen Achten der Person diskutierte, wurde zur akzeptierten Person; Schmeichler und Dummköpfe, ohne Anstand, hatten es sehr, sehr schwer und einen direkten Freund, besaß er niemals.

Einem Freund, sollte man bedingungslos vertrauen können und diese Eigenschaft besitzt nur Doretchen; damit hatte er glasklar formuliert, was zu sagen war; wie er meinte!

Ein Mann, mit extrem charismatischen Aussehen, einer wunderbaren, samtigen, glasklaren Stimme, einem Körper, wo alles stimmte und den er, ohne Gnade und Rücksicht auf Verluste trainierte:

„Der Frauenwelt zu liebe, zum anschauen", wie er sich äußerte und dabei herzhaft, laut und in tiefen Tönen lachte; nur zum anschauen; „Anfassen" darf nur mein „Doretchen". (Kosename für mich, abgeleitet von Dorothea).

Ein Mann, dem jeder, in einem kleinen oder großem Kreis von Bekannten, Freunden oder Verwandten an den Lippen hing, wenn er über Etwas, irre spannend, berichtete.

Ein Mann, dem man glaubte, der immer die Wahrheit sagte, weil es ihm völlig egal war, ob man das, was er sagte gut fand oder schlecht; er sagte es und stand dazu.

Ein Mann, der anderen gegenüber, egal, wie

anerkannt als Chef oder Vorgesetzter oder wie
mächtig oder gefährlich er auch werden konnte,
in seinem Amt; stets seine Meinung sagte und
auch ganz nebenbei bemerkte,
,,Wo der Hammer hängt'', wenn man ihn
ungerecht behandelte !
Ein Mann, der sehr gut unterscheiden konnte,
was richtig oder falsch war, der sich nicht
beirren ließ oder gar seine Überzeugung aufgab,
um zu einem persönlichen Vorteil zu gelangen.

Ein Mann, der Dummheit, Hass auf anders
aussehende Menschen mit unterschiedlicher
Religion und Ungerechtigkeiten insgesamt, nicht
akzeptieren konnte; mit Missachtung nicht
umgehen wollte, die ihn aufwühlte, wenn ein
,,Blödmann und Dummkopf'' zu Reichtum
gekommen war und jedermann genau wusste,

dass dies nur durch Betrug und Skrupellosigkeit möglich geworden war.

Ein Mann, der mein Mann wurde, der mich liebte, ohne etwas zu verlangen, der mich so sein ließ, wie ich war, ein Mann, der mich respektierte, ein Mann, der sich um unseren Sohn und mich sorgte, ohne Ende, für den wir „Das Wichtigste" in seinem Leben waren!

Ein Mann, mein Mann,

ein Mensch, ohne den ich jetzt leben muss, ein Mensch, den ich niemals vergessen werde, der außergewöhnlich war und den ich hoffe, irgendwann, im engen Verbund unserer beider Seelen im Himmel wiederzusehen zu dürfen, denn unsere Körper verbleiben bekanntlich hier auf unserer schönen Erde !!!

Die Liebe verändert sich im Alter, von:

In jungen Jahren
von
überschwänglich
bis hin zur
Extase,
dann zum
späteren

abwechslungsreichen, aber ruhigeren
Miteinander; aber mit großer Erfüllung,
in der Mitte zum Ende des Lebens, bis zum nicht
mehr von einander „Loskommen", angeschweißt
sein, an das andere „Ich", ein WIR, wo Blicke
genügen, ohne, dass Worte es erklären müssten,
was der andere denkt und fühlt.
Hat erst einer den anderen verlassen, nach
vielen gemeinsamen Ehejahren, ohne sein Zutun,
durch den unumgänglichen unabwendbaren Ruf

des Todes, stirbt der andere mit; ein Teil von ihm verlässt mit dem Verstorbenen, oft viel zu früh Gegangenen, diese Erde, diese, unsere schöne Welt !!!

Dem „Übriggebliebenen" bleibt zuerst nur eine einzige Hoffnung und Sehnsucht; auch baldmöglichst zu „gehen" !!!

Man unterscheidet nur Leben und Tod, das andere „Ich" ist gegangen, es gibt kein „WIR" mehr !!!

DIE SEELE, DER KÖRPER, DER VERSTAND und vieles mehr setzt aus, will nicht mehr, will nur noch allein sein, schreien, weinen, untröstlich in der Ecke, auf dem Boden hocken und explizit überlegend; wie stelle ich es an, was gibt es für Möglichkeiten, sich „wegzuschleichen", aufzuhören mit all' dem, was die anderen, die noch vorhandenen „Paare", als Leben bezeichnen, doch was wissen sie schon, diese Ahnungslosen, was so ein VERLUST, wirklich bedeutet. Es ist wie mit einer Krankheit, hast du sie nicht selbst, höchstpersönlich erlebt, kannst du sie niemals wirklich nachfühlen.

Man kann trösten, Mut zureden, Mitleid in Worte fassen oder gar sagen: „Das wird schon"; andere haben das auch hinter sich gebracht".

Wie furchtbar, soll man sich am Leid der anderen „hochziehen", ihnen gar nachahmen; so als hätten sie auch eine Lungenentzündung gehabt, die du jetzt hast und nun gilt es nur, diese auch zu überwinden; „denn andere haben es ja auch geschafft" !!!

Jemand sagte mir, mit total überzeugendem Blick: „Nach einem Jahr, haben Sie das alles vergessen". Die oder der hat es auch nach einem Jahr geschafft; schaff es nun auch oder halt ganz einfach die Klappe; höre auf zu jammern; letzteres ist der Gedanke, der meistens nicht ausgesprochen wird; aber im Inhalt des vorher Gesagtem drin ist.

UND überhaupt, was soll ich denn „schaffen"?
Soll ich ihn und unser gemeinsames „WIR" zur
Seite legen, als hätte es das niemals gegeben?
Soll ich es schaffen, alles zu vergessen; wie
geäußert? Wie blödsinnig, herzlos und dumm!

Oh, mein lieber Gott, niemanden wünsche ich, so
plötzlich, so abrupt, ohne seinen Liebsten sein zu
müssen und all' diese Worte und Sätze des
Mitfühlens zu ertragen, zu ertragen zu all' dem
Kummer und dem Leid, „des Einsamseins und
dem Fehlen des ganz Besonderen", dem,
was andere, sehr oft eben nicht hatten oder gar
gelebt oder erlebt haben.

**Ich habe es hautnah gefühlt, ich habe es
ertragen, irgendwie mich darüber hinweg gesetzt
und nun weiß ich inzwischen ganz genau:
Ich bin nicht allein, aber sehr einsam; ohne
TraumMann, ohne Geliebten, ohne Macho; der**

zu einem wichtigen Teil meines Körpers und meiner Seele geworden war.

Zu viele Jahre waren nötig, für das „Ineinanderwachsen und Verschmelzen"; aus zwei Menschen entstand eine menschliche Doppelverbindung zweier Seelenverwandten, die nun nicht mehr zu trennen sind.

Anfangs bemerken sie es nicht einmal selbst. Sie merken zwar sehr oft, ist der andere fern und nicht allgegenwärtig, steigt so eine Art Unruhe auf. Man will es nicht wahrhaben, man zweifelt, dass nach nur einem Tag des Getrenntseins ein solches Gefühl möglich ist.

Doch dann, nach Jahren, weiß man es mit Bestimmtheit. Man kann nicht mehr ohne den anderen sein.

Soll das Liebe sein oder ist es ein Gefängnis, in dem man sich befindet?

Es gibt zwar Halt und Selbstbewusstsein, es kann aber auch nerven. Was ist zu tun?
Man könnte sich ein wenig lösen, man könnte mehr Abstand schaffen.
Man versucht es und funktioniert es nur ein kleines bisschen, wird es von einem selbst ganz schnell wieder in den Urzustand zurück gebracht; der ist einfach vertrauter, angenehmer, schöner und beruhigt ungemein!

So vergehen die Jahre, Monate und Tage; glückliche, mal auch weniger glückliche, mal auch mit ein wenig Streit gewürzt, doch letztendlich: gute, schöne, erlebnisreiche, mit großer und aufregender Liebe bestückt und auch sehr zufriedene und glückliche Jahre.
Man genießt es, im Zuge von: anderen die einem nahe sind, bewundert und auch beneidet zu werden. Schließlich ist man ja doch seines eigenen Glückes Schmied und da muss man doch

etwas richtig machen, wenn es so funktioniert. Man lebt und arbeitet, man liebt sich, soviel ist sicher UND man ist ein funktionierendes großes Ganzes, dem völlig entgeht, wie schnell die Zeit verrinnt.

Die Zeit, die man Lebenszeit nennt, die man sich entschlossen hat, gemeinsam zu gehen. Die man verplant bis zum über 80igsten Lebensjahr....man weiß ja nie...es könnte ja noch viel länger gehen !!!

Man hat nur diese eine Lebenszeit und man merkt und bedenkt in späteren Jahren, **wir müssen aufpassen und alles nutzen, was uns zur Verfügung steht; ausschöpfen, was der liebe Gott für uns bereit hält.**

Auch die gemeinsamen Treffs in der Küche, zum mitternächtlichen Gespräch, häufen sich.

Mehr und mehr verspricht man sich, mit einem
Gläschen Wein in der Hand: „Auf die nächsten
25 glücklichen Jahre" !!!
Dabei entgeht einem fast, dass das „Glück"
inzwischen ein anderes geworden ist.
Es flammt und brennt nicht mehr so, wie vor
Jahren, doch es ist viel intensiver, noch viel, viel
inniger geworden !!!
Die Angst um das Wohl des anderen ist nun
immens gestiegen und lähmt bereits ein wenig.
Aber es wird das Allerbeste daraus gemacht,
wozu man imstande ist.
Wieder vergehen Jahre, Jahre die beschwerlicher
geworden sind. Man merkt und fühlt, dass es
dem anderen längst nicht mehr so gut geht, wie
vor Jahren und die Angst beunruhigt doch sehr
und hängt wie ein Damokles-Schwert über den,
der besorgt ist, um den anderen; also über
Beiden !!!

Dazu kommt und das ist bisher in den Jahren so niemals aufgetreten UND man weiß es nun erst im Nachhinein:

Es ist, nein, es war der beginnende, merkbare Lebenserhaltungskampf: unerbittlich, schmerzhaft, seelisch und nervlich stark beeinträchtigend; dein Gegenüber wird mürrisch, kann seine Schmerzen und die eigenen Ängste nicht mehr zurück halten, merkt oder weiß, dass etwas Schreckliches bevor steht und nicht mehr aufzuhalten ist.

Doch ist **er** nicht bereit, dich damit zu belasten, egal, wie oft du fragst, bittest und fürsorglich bist; **er** gibt immer nur die gleiche Antwort: „Warum soll ich dir das alles erzählen, Doretchen, nein, nein, niemals" !!!

Plötzlich denkt **er,** allein damit fertig zu werden und merkt dabei nicht, dass es den anderen, sehr verletzt, nicht mehr in alles, ja wirklich alles, involviert zu sein.

Es vollzieht sich schleichend, aus Rücksicht zum anderen, dem anderen Teil von dir.
Es ist eine Art von „Alleingang", der die letzten Wochen eures Unzertrenntseins säumt!

Hat dieser Alleingang erst begonnen, wird er sich vertiefen und es wird eine Schlucht entstehen?
Nicht, dass man sich nicht mehr lieben würde, aber diese Rücksichtnahme, den anderen zu schonen, sie entzweit ein wenig.
Die Zeit vergeht wiederum und man merkt, nun merken es Beide, einer wird gehen müssen, unwiderruflich; nur wann?
Warum weiß man das nicht, warum kann man nicht eine Warnung erhalten; wie:
„Es dauert nicht mehr lange, verabschiedet euch, lasst es euch jeden Tag gut und besser gehen".
Warum nicht? Warum nur nicht? Warum muss es so schrecklich verlaufen? Es geschieht ohne

direkte Vorwarnung; es passiert einfach so, mit wenigen Stunden Abstand zum ,,Nicht mehr da sein", im Abstand von 4 Stunden Zeitverschiebung, zum letzten gemeinsamen Gespräch, in der besagten Nacht, im Flur, vor der Toilette, in der gemeinsamen Wohnung !!!

Vier Stunden, vier lange oder vier kurze Stunden; je nach dem; man hätte sie absolut nutzen können, bevor man so herzlos getrennt wird; getrennt wird, von einem, was zu einem gehörte ,,mit Haut und Haaren", ,,Herz und Verstand", für immer und ewig !!!

Frühmorgens liegt dein Herzallerliebster auf dem Sofa und kann und wird dir niemals wieder in die Augen sehen, dich in den Arm nehmen können, niemals wieder mit dir reden können, so wie noch eben, eben vor 4 Stunden.
Du legst dich zu ihm, er ist ganz kalt, eiskalt und

er bewegt sich nicht mehr, trotzdem deckst du die Decke über euch Beide und du lehnst dich an seine Brust, kuschelst dich an seinen Körper; sein Körper, der sich offensichtlich nicht mehr bewegen kann.

Dein reales, fast unbekümmertes Leben, ist nun beendet, das denkst und vor allem fühlst du es ganz stark, so stark, dass du unendlich durchgehend zitterst und lautstark weinst und jammerst, schreist und dann hin und her rennst, rennst, als ginge es um Alles, egal, wie klein die Wohnung ist; sie bietet Platz, um vom Bad zum Balkon zu rennen und das tust du; du tust es, bis und nachdem, Ärzte, Notdienst und Polizei eintreffen. Niemand bekommt es hin, dich zu stoppen; es ist, als ob du um „Euer Beider Leben" rennst !!!
Man akzeptiert es und ist gleichzeitig erschrocken und ruft einen Menschen vom

Seelendienst an; er soll helfen ????

Wo ist er, mein TraumMann, mein Geliebter; **Er** ist, nein, er war doch der Fels in der Brandung, hinter dem sein süßes Schwälbchen immer Zuflucht gefunden hatte, wie er es lustig immer im Lehrerzimmer erzählte und nur deshalb konnte sie doch, nach außen hin, immer dieses extreme Selbstbewusstsein demonstrieren.

Der Vorhang ist gefallen, meinen Fels in der Brandung; meinen Geliebter, meinen TraumMann, Meinen Macho, gibt es nicht mehr, er bietet keinen Schutz mehr für sein Doretchen !!!

Bevor die Realität dich in irgend einer Weise wirklich oder direkt erreicht, vergehen Jahre, viele Jahre; genauer gesagt, es sind nun nach knapp 5 Jahren, noch immer meine Sehnsüchte

vorhanden, wenn ich einen Schatten, im Flur meiner Wohnung glaube zu sehen, zu erkennen, dass **ER** um die Ecke im Flur schaut und sagt mit tiefer und wunderbarer Stimme:
„He, Doretchen, ich war mal nur eben kurz weg; bin jetzt wieder bei Dir" !!!
UND genau in dieser Situation, könnte ich schreiben und jammern, wie vor vielen Jahren !!!

Ich hatte den Notdienst verständigt; später stellt sich heraus, gleich zwei Mal und egal, wozu es auch noch gut sein könnte, kommt die Polizei dazu, auch zwei Mal !!!
Sie finden zwei Menschen vor; einer davon liegt in „Frieden und Ruhe", direkt auf dem Sofa in der Stube; der andere, der Übriggebliebene, jammert laut vor sich hin weint und rennt in Trance, hin und her !
Man versucht alles, um die „Dauerläuferin" in der Wohnung zu stoppen, doch es gelingt ihnen

nicht. Irgendwann wird es ruhiger, ruhiger im Zimmer, in dem ein Mensch, mein Geliebter, mein TraumMann sein Leben ließ; wenige Meter von mir entfernt, wo ich ruhig und nichts ahnend, nach unserem nächtlichen Treffen im Flur, vor der Toilette, im gemeinsamen Schlafzimmer weiter schlief.

Ich möchte den Morgen begrüßen, zu ihm in die Wohnstube gehen, dahin, wo er Brötchen vom Bäcker, Honig und Butter für mich schon bereit gestellt hat und irgend ein Zeitungs- Horoskop für mich stets, zum Vorlesen, bereit liegt; nun bin ich zur Vorleserin geworden und auch das genießen wir fast täglich.

Ich möchte ihn umarmen und küssen und in seine Augen blickend und zwinkernd sagen: „DANKE, Hase" !!! Zwinkernd, weil „Hase" ihm eigentlich nicht so ganz gefiel; doch dahinter verbarg sich eine wunderschöne, sehr lustige

Geschichte, die nur für uns Beide
bestimmt war. Er mochte den „Hasen" nicht,
doch es amüsierte ihn trotzdem köstlich!

Doch diesmal ist alles anders, erschreckend
anders und ich werde nicht mehr dazu kommen,
unsere beider Horoskope in den Vergleich zu
setzen, damit wir wieder laut lachen können,
über die Tatsache, dass der nachdenkliche, alles
abwägende, vorsichtige, männliche Krebs sich
entscheidend vom flippigen, aufgeschlossenen,
unternehmungslustigen, weiblichen Zwilling,
gravierend unterscheidet!
Was haben wir uns immer wieder darüber
köstlich amüsiert; was gab es dann nach allen
Auswertungen....natürlich...selbstverständlich...
herzliche Küsschen!

Das Leben, dein Leben ist vorbei scheint vorbei zu sein und Seins ja nun sowieso, was heißt schon Trost, was ist das, wozu?

Wer meint, mit Worten, Trost spenden zu können, der irrt gewaltig! Habt ihr nicht begriffen, ein Teil meines Körpers und ein Teil meiner Seele hat diese Erde mit verlassen; ich habe keinen Boden mehr unter den Füßen, den fühle ich bis heute nicht wirklich und ich lebe in einem holen Gefäß, dass ist das, was ich noch immer empfinde, knapp 5 Jahre nach seinem Tod, nach dem Tod meines TraumMannes, meines Geliebten, meines Ober-Machos; meines unersetzbaren, von mir ganz offensichtlich untrennbaren Menschen.

Ad hoc und dauerhaft hat dein Gehirn eigene Gedanken, die du keinesfalls steuern kannst; **ES SIND NUR GEDANKEN**; man setzt sie selten in die Tat um; doch sie plagen einen unermesslich

grausam: „Wozu soll ich noch leben ohne ihn",
was hat das für einen Sinn? Eigentlich hat nichts
mehr einen Sinn; nicht wirklich !!! Du bist
wieder einmal mitten auf dem Weg zu
Depressionen, doch die hast du ja nun ständig.
Deine Gedanken fließen nicht mehr, sie sind zu
einem Strudel verbunden und rasen wie irre in
deinem Kopf herum, ein Entrinnen gibt es nicht,
ob du liest, Fernsehen schaust, ob du Rad fährst,
ob du deinen Körper trainierst, ob du hin und
her läufst oder ob du im Bett liegst und
versuchst zu schlafen....ein Gedanke, ein
mächtiger Gedanke hämmert in deinem
Gehirn.......du musst nicht mehr leben, wozu?
NUR EIN GEDANKE, doch er quält und quält
und vor allem, er ist beständig und ohne
Rücksicht und permanent in Wiederholung !!!
Du stehst wieder auf, gehst auf den Balkon, du
lehnst dich über das Geländer und denkst, es ist
doch ganz einfach, lass dich fallen und alles ist

vorbei, das willst du doch, es ist der 5. Stock, das wird reichen; was für ein Blödsinn, **NUR EIN GEDANKE**; langsam, ziehst du deinen Körper wieder ein wenig zurück! Willst du es oder willst du es nicht oder noch nicht?

Blödsinn: **NUR EIN GEDANKE**; du haust dir an die Wange, rückst dich zurecht; **NUR EIN GEDANKE** , Doretchen !!!

Was für ein blöder Gedanke; reiß' dich zusammen, was für ein dummes Gehirn !!!

Ich drehe mich also um und gehe in die Stube zurück. Ich koche mir einen Tee und nehme ein Buch. Ich lese und lese und denke nach einer Weile, was liest du da eigentlich.

Ich konstatiere, ich weiß nichts, von dem, was ich gerade las, wozu auch? Was spielt es für eine Rolle und vor allem, für wen spielt es noch eine Rolle, was ich Tag-täglich tue; niemand ist bei Dir, mit Dir, Du bist nur, zur Hälfte noch vorhanden, **NUR EIN GEDANKE** !!!

David Ben Gurion hat genau 4 Tage nach dem Tod seiner Frau gesagt: „Nun bin ich ab sofort nur noch ein halber Mensch"!

Oh, wie ich es ihm nachfühlen, spüren kann; wie wahr es ist, wie recht er hatte und wie weise !!! Ich trinke also meinen Tee und gehe nochmals auf den Balkon, ich schaue hinunter und sehe nichts, meine Augen starren in die Ferne, ich sehe nichts, ich geh wieder hinein und wiederhole das alles bis es 6.30 Uhr morgens ist und da kommen nun sie endlich wieder, die Geräusche einer Großstadt; sie gefallen mir außerordentlich, es hat mit Leben zu tun; NUR EIN GEDANKE....aha Leben, will ich doch noch leben ??? JA ICH WILL !!!

Ich denke, mein Liebling wäre jetzt aufgestanden. Hätte sich im Bad zurecht gemacht; ohne das Licht einzuschalten.

Er konnte es nicht ertragen, sich so gealtert im Spiegel zu sehen, bevor er in die Schule fuhr, um seinen Unterricht zu geben.

Als er es mir, auf mein Fragen und Drängen hin, einmal erzählte, haben wir uns beide von Herzen noch darüber amüsiert und ich sagte ihm:

„Du weißt doch, altern ist nur etwas für starke Menschen, lass es uns mit Anstand und Würde tun, mein Hase"!

Ein wunderbares Schmunzeln lief über sein charismatisches Gesicht; es war die Antwort auf mein Statement zum Thema „altern".

Er hat sehr gelitten, zu altern, mehr als viele Frauen, die ich kenne! Doch ich habe versucht, es ihm auszureden. Du siehst nach wie vor, cool aus, glaub mir, ich liebe dich trotzdem; es sind doch nur ein paar Falten!

Ein Prozess, den man überleben kann, wenn man so verliebt und mit einander verschmolzen ist, wie wir! Eine Antwort bekam ich nicht, dafür aber viele Küsschen! Nur zu gut konnte ich ihn verstehen und ihm nachfühlen, wie er darunter litt, älter zu werden. Dabei ging es nicht darum, die Falten zu zählen, die sich vermehrten, wohl aber genau zu bemerken, dass auch sein irre cooler Körper, die eine oder andere Blessur bereits davon getragen hatte!

Ein Mann, ein Macho, ein TraumMann, der täglich seine Muskeln trainierte, der Buch über die Maße seines Körpers führte, wie auch über die aufgebaute bzw. abgehende Muskulatur, egal, an welcher Stelle seines Körpers, der eine Leistungskurve anlegte, die identisch war, mit der seiner Leichtathletik-Athleten des Wurfbereiches Kugel, Diskus und Speer, des Leistungssportes der DDR; der sich von mir die Oberhemden-Ärmel kürzen ließ, damit der gesamte, extrem übermäßig,

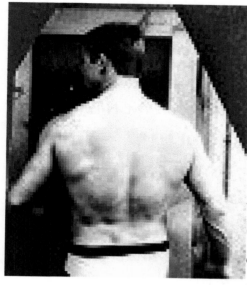 muskulöse Oberarm
deutlich zu sehen
war, der seinen
Gluteus Maximus in
engste Hosen rein
bekam, damit
seitlich, die
antrainierte Wölbung
des Oberschenkel-
Muskels unübersehbar
wahrgenommen wurde; nur zu gut, wusste ich,
warum er so litt und nur der Hinweis, dass
,,altern" nichts für Feiglinge ist, konnte ihn
ablenken und lies ihn schmunzeln, doch weh tat
es ihm trotzdem und ich fühlte auch hier mit
ihm, mit ganzem Herzen- UND so Jemand soll
nun täglich altern, wie alle anderen, des so
genannten ,,Starken Geschlechtes"; ich verstand
ihn nur zu gut; warum wohl ???

Wie soll es nun weiter gehen, wie?

Wie soll ich ohne ihn existieren; wer spricht nun vom Sonnenschein und lebenslanger Liebe.

Wie wird es ihm gehen, da oben im Himmel, im Himmel beim lieben Gott?

Bei Gott, wo es sich unterordnen muss; da wo Gott das Sagen hat oder schon hatte, weil er ihn ja zu sich rief. Der liebe Gott ruft ja nur die zu sich, die er mag und die anderen lässt er „unten weiter wursteln" !!!

Es ist, wie mit diesen kleinen Kanarienvögeln ähnlichen „Rosenköpfchen", die, wenn sie von einander getrennt werden, sterben, wenn man das übrig gebliebene Vögelchen nicht umgehend zu einem Vogelzüchter bringt, der noch einige andere „Vogelmännchen oder Weibchen" vorrätig hat.

Ja, sie haben es leicht, diese zwei Fremden; sie zwitschern sich kurz an und sind sofort eins.

Dinge, die bei uns Menschen nicht möglich wären. Man leidet am ganzen Körper und vor allem in der Seele. Die Gedanken und Sinne leben in der Vergangenheit. Nicht in der Vergangenheit, die schwer zu meistern war, sondern in der, die voller Sonne, Optimismus, Frohsinn und Glück daher kam. Genau diese Vergangenheit möchte man unbedingt wieder haben und man weiß nur zu genau, dass das niemals passieren wird.

Man ist untröstlich und verzweifelt.

Alle die helfen wollen, sagen das Falsche.

Sie möchten trösten und wissen doch gar nicht, wie es ist, so allein, so dauerhaft frierend! Man friert und verkümmert ohne Liebe, Zuwendung, Anerkennung und Achtung durch andere Menschen; Dinge und Tatsachen, die mir völlig fremd waren !!!

Fakt ist; als eine Hälfte, vom vorherigen Ganzem, läuft man nun durch das Leben; das Leben, was man noch nutzen sollte, effektiv und nutzbringend, egal für wen!

NUR EIN GEDANKE !

Die Gedanken sind nicht zu manipulieren, sie sind frei, ohne Frage; sie sind da, sie laufen wie der kleine Hamster im Rad, permanent im Kopf herum und lassen sich nicht verdrängen, nicht mal zur Seite legen. Sie sind bei ihm, beim Liebsten, beim Unvergessenen, beim Mann der Träume, beim Ehemann, den man über 43 Jahre die Treue geschworen und gehalten hat, dem Teil von mir, was dem Körper zusätzlich anhaftete, ohne schwer zu sein, nur wärmte und Wohlgefühl gab, eine Mauer bildete, nicht ersichtlich, doch aber immer da !!!
Die nie wieder aufgebaut wird; die genauso weg ist, wie die Berliner Mauer.

Doch, dass die weg ist, ist für uns alle ein Segen. Meine Mauer, mein Schutz, mein Fels in der Brandung jedoch, ist unwiderruflich verschwunden und ich fühle mich schutzlos! Warum, du dummer Kopf, willst du es nicht begreifen: ,,Er ist nicht mehr da und er kommt nie mehr wieder, nie und nimmer," **NUR GEDANKEN !!!**

Es hatte doch alles so wunderbar angefangen, so schön, so wärmend, so kribbelnd, so innig, mit dem Gefühl, eines brodelnden Vulkans, in den

man sich stürzen könnte, ohne zu verbrennen und dessen Glut man wohlwollend entgegen nahm; was waren dagegen schon ,,Schmetterlinge im Bauch zu haben" ???

„Für Opa" gemalt von Anna-Maria

So fangen Märchen an:

Ich bin ein junges „Ossi-Mädchen"von 19Jahren und bewerbe mich an einer Schule, in der Nähe der damaligen Bezirksstadt Erfurt, in Thüringen, in der „DDR „ (ein deutscher, angeblich sozialistischer und demokratischer Staat, der vor knapp 30 Jahren, seine Existenz aufgeben musste **(siehe 2. Buch der Trilogie: „2Deutsche Diktaturen")**.

Es sind Wochen vor Schulbeginn und alle dieser Volksbildungsangestellten, die an dieser Schule, an dieser Einrichtung, ins nächste Schuljahr gemeinsam starten, sitzen nun in einem Klassenraum, zum so genannten Pädagogischen Rat; der expliziten Vorbereitung des neuen sozialistischen Schuljahres.

Die „alten" und die „neuen" Kollegen belegen die Plätze in diesem Raum, von der ersten bis zur letzten Schulbank.

Wir, Johanna (meine damalige Freundin) und ich, sitzen nun zu dieser Vorbereitungswoche des kommenden Schuljahres, eng aneinander gerückt, in diesem Klassenraum, ganz hinten, in einer dieser Schulbänke; mit großen Augen, interessierten Blicken und sehr jugendlichem Gemüt !!!

Der Klassenraum füllt sich langsam und auch der Direktor, sein Stellvertreter und der Parteisekretär der SED Parteileitung der Schule, haben am vorderem Podium, mit Sicht in den gesamten Raum, bereits Platz genommen. Da öffnet sich nochmals die Tür und ein „toller, sehr muskulöser und sehr charismatischer Mann" betritt, mit überschäumenden Selbstbewusstsein, den Klassenraum; nicht, dass er sehr gehetzt aussah oder sich gar beeilte; obwohl man ja eigentlich mit der Sitzung des Pädagogischen Rates bereit begonnen hatte.

Unser Direktor spricht ihn nun an und bittet ihn freundlich, in der ersten Reihe gleich Platz zu nehmen, damit er nicht weiter stört.

Während er mit ihm spricht, schaut dieser Typ, dieser Macho, ohne den Direktor weiter zu beachten, nur nach hinten, in die letzte Reihe, speziell nach eine Person. Diese Person bin ich und es ist mir mehr als peinlich, dass er sich dem Direktor gegenüber so unhöflich verhält.

Johanna hatte mir zuvor zugeflüstert: ,,Doro, dieser Typ mit den riesigen Muskeln, kann keinen Blick von dir lassen"! Blödsinn, du irrst dich, hatte ich ihr geantwortet!

Der Direktor räuspert sich nun und fragt ihn, den neuen Sport-Deutsch-Lehrer, ob er denn anfangen ,,dürfte", falls er, der Sportlehrer nun mal Platz nehmen könnte, falls er sich ,,blickmäßig" von der neuen Pionierleiter-

Kollegin noch lösen könnte?

Nicht dass es ihn, den Sportlehrer, sonderlich peinlich war, hier „vorgeführt" zu werden; nein, man hatte eher den Eindruck, es amüsierte ihn und das war einem breiten Grinsen auf seinem wahnsinnig charismatischen „007-Agentengesicht" zu entnehmen.

Alle Kollegen, tatsächlich alle, die diesem Schauspiel beiwohnen, können nicht aufhören zu lachen. Mir ist es sehr, sehr peinlich und selbst Johanna ist etwas irritiert. Sie flüstert mir zu: „Aber, der will jetzt nicht auch so anfangen, wie der „Rollerfahrer" (Wunderschöne, super Episode aus: „2 Deutsche Diktaturen").

Johanna explodiert nun:

„Doro, das halte ich nicht auch noch aus"!

Ich schaue sie irritiert und fragend an:

„Was meinst du, kann ich tun"?

Johanna jetzt sehr laut, ganz aufgeregt
und genervt, ruft nun in das
Klassenzimmer:
„Mach dich unsichtbar, Doro", damit er
dich nicht mehr sehen kann !!!
Jetzt müssen nun alle lachen und das tun
sie, ohne aufzuhören; nur ich nicht!

Der Parteisekretär eröffnet zum 2.ten Mal
endlich die Vorbereitungswoche und die neuen
Kollegen werden von ihm vorgestellt und jeder
einzelne, der Neuen, erhebt sich kurz vom Stuhl
und erzählt etwas über seinen beruflichen
Werdegang und seine Ausbildung.

Der Sportlehrer steht auf, schaut nach hinten
und fängt an zu erzählen; alle schmunzeln, bis er
sich wieder gesetzt hat; ihm selbst war es nicht
aufgefallen, dass er nur, zu mir sehend,

gesprochen, erzählt bzw. berichtet hatte.
Dieses Mal sehe ihn dabei sehr aufmerksam an,
will ihn nicht aus dem Konzept bringen und
dabei bemerke ich nicht einmal, dass auch ich
mich nun ein wenig in Trance befinde; seine
betörende, wunderschöne, tiefe und harmonische
Stimme hatten mir die Füßchen weg gehauen.
Inzwischen glaubte er, alles richtig gemacht zu
haben; dass im Raum noch weitere über 20
Kollegen saßen, war ihm sicher noch nicht
aufgefallen, ha, ha!

Unglaublich, dass unser Chef so ruhig blieb, nein,
es schien ihn absolut zu amüsieren und er
monierte nicht einmal, dass die gesamten
Aussagen über Werdegang und Ausbildung des
Sport-Deutschlehrers, „Eulenähnlich", nach
hinten in die letzte Bankreihe, zur neuen
Pionierleiterin, weitergegeben wurden; obwohl
der Direktor der Schule, vorn, in der ersten

Reihe des Klassenzimmers, als politische
Führungskraft der Volksbildung, Platz
genommen hatte ???

Danach erörterte der Direktor einiges
Organisatorisches und währenddessen, schaute
der Sportlehrer unaufhörlich, wieder einer
ausgewachsenen Eule gleich, nach hinten, zu den
letzten Schulbänken, dahin wo sein späteres
,,Schokoladenfresschen" Platz genommen
hatte !!!
Plötzlich trat Stille ein, der Direktor sprach
nicht weiter; alle bemerkten es; nur der
Sportlehrer nicht.
Ich meine, ich unterbreche mal kurz, damit sich
unser neuer Sportlehrer zur neuen
Pionierleiterin (ich) nach hinten setzen kann;
was meint ihr Kollegen?
Alle lachen sehr laut und nun merkt auch der
neue Kollege, dass da offensichtlich noch weitere

Kollegen im Raum sind, die nun alle über ihn lachen, laut lachen und nicht mehr zu beruhigen sind; natürlich war auch ihnen sein unmögliches Verhalten nicht entgangen !!!
Es ist ihm nun endlich auch peinlich und er entschuldigt sich mit einer kurzen Bemerkung zum Direktor gewandt.

Johanna und ich hören nun nochmals, diese sehr tiefe, kernige und gleichzeitig, sehr warme und beeindruckende Stimme und diesmal hat es uns Beide erwischt! Ich bin total „hin und weg" und auch Johanna sitzt da und ist beeindruckt.
„Noch nie habe ich eine so schöne Stimme, mit nordischem Akzent gehört", flüstert sie mir zu, „Doro, ich bin sehr beeindruckt" und ich denke, ich hätte nichts dagegen, wenn er weiter nach hinten redet und schaut; natürlich nur nach dir und dabei grinst sie ohne Ende und fügt flüsternd hinzu:

„Selbst nach hundert Jahren hätte ich keine Chance bei dem"; der schwebt doch in einer Art Trance-Zustand, wenn er dich sieht und das tut er von Weitem; wie reagiert der erst, wenn er direkt vor dir stehst" ??? Wir kichern in unsere Hände, damit wir nicht stören; können uns aber kaum beruhigen.

Mein TraumMann schaut weiter nach hinten und redet so, als wäre nur ich mit ihm allein in diesem Raum; das tut er, bis die Konferenz zu Ende ist, ha, ha, ha !!!

Eine Kollegin erzählte mir später: „Doro, ich habe es irgendwann als ganz normal angesehen und es war ja auch so, dass die Kollegen allesamt zuhörten und glaubten sich in einem Theaterstück zu befinden".

Viele Jahre später haben wir gemeinsam mit den Kollegen noch darüber lachen können; da waren wir längst miteinander verheiratet.

Auch unser Direktor hat mir kurze Zeit, nach diesem „Vorfall" erzählt, dass er es absolut nachfühlen konnte, was den jungen Kollegen da beeindruckt hätte; so eine „Perle" würde man ja schließlich nicht alle Tage zu sehen bekommen. Seine Frau, unsere Sekretärin behauptete; sie habe von Anfang an, genau gewusst, dass aus der Pionierleiterin und dem Sportlehrer mal ein Paar werden würde.

Ich glaubte es ihr unbesehen, denn wir Beide und viele Andere waren der Meinung; wir gehören einfach zusammen; „das sieht doch ein Dummer und spürt man doch ganz klar"; behauptete meine Freundin Johanna.

Kurz zuvor, vor unserer besagten Vorbereitungswoche: Die Ferien sind bald vorbei, ich wohne noch bei meiner Freundin, die ja bereits eine Wohnung gemietet hat. Noch kann ich kein Zimmer mieten, denn ich habe noch

immer keine direkte Zusage von der SED
Bezirksleitung, für den Job als Pionierleiterin an
„unserer" Schule. (Einzelheiten zum
Leistungsspektrum einer sozialistischen DDR-
Pionierleiterin, Mitglied der Schulleitung der
Erweiterten Oberschulen und vieles DDR-
Typische, extrem und auch teilweise schön-siehe
2. Buch der Trilogie: „2 Deutsche Diktaturen).

Die Vorbereitungswochen werden nun
angekündigt. Das war jeweils, eine Woche vor
Schulbeginn in der DDR, nachdem an den
Schulen der „Pädagogische Rat" einberufen
wurde.
Diverse Unterrichtspläne sämtlicher
Unterrichtsfächer, kostenlose Schulbuchausgabe,
Feriengestaltung etc. wurden nun vorgestellt
bzw. organisiert; das beginnende neue Schuljahr
unterlag generalstabsmäßig und minutiös einer
kleinen Gruppe von Funktionären der

Schulleitung, unter Oberaufsicht der Schulräte in den Kaderabteilungen der Volksbildung.

Absolute Oberherrschaft, einem heutigen Regierungschef gleich, hatte die Ministerin für Volksbildung, Frau Margot Honecker.

Nichts, wurde an den Schulen der DDR, zu dieser Zeit, dem Zufall überlassen.

Trotz allem, bin ich irgendwie „in meiner Sache" zuversichtlich. Warum auch immer?

Ich wollte nun auf gar keinen Fall mehr hier weg; ich war die „Perle" des Direktors, meine Freundin war hier und ein toller Mann, ein super Sportlehrer, war total vernarrt in mich; da räumt man doch nicht freiwillig das Feld!

Den Funktionären, denen ich mich vorgestellt hatte und die meine Kaderunterlagen bereits in ihren Panzerschränken aufbewahrten, die hatten eindeutig bekundet, mich einzustellen; diese persönliche Aussage, war damals sehr wichtig und ausschlaggebend im Bereich der Volksbildung (Warum es aber immer noch sehr, sehr heikel und gefährlich war und schief gehen konnte, könnt Ihr auch in „2 Deutsche Diktaturen" nachlesen !!!).

Nun brauchte ich irre viel „Glück" und den Zufall, dass man das akzeptierte, was gesagt wurde und das glaubte, was im Versicherungsausweis der DDR (so genanntes, lückenlos zu führendes Arbeitsbuch) stand. Auch über dieses spezielleThema wird sehr spannend in: „2 Deutsche Diktaturen"berichtet.

Unweit von der Wohnung meiner Freundin, mietete ich später ein möbliertes Zimmer und eine Lebenszeit begann, die uns Beiden, dem Sportlehrer und der Pionierleiterin in bester Erinnerung blieb. Was ich zu dieser Zeit noch nicht wissen konnte, war, dass auch mein späterer Mann, unweit von meinem Zimmer, auch ein möbliertes Zimmer, gemietet hatte.

Bereits kurz nach unserer Verlobung klopfte dann an manchen Abenden jemand mit einem Koffer in der Hand, mit dem er zu Fuß durch die Kleinstadt lief, in dem sich sein Bettzeug befand, an meine Tür, in meiner 1-Zimmer Wohnung und bat um Einlass.

Es gab kaum einen Tag, an dem die hübsche Pionierleiterin, die Perle des Direktors, dem neuen charismatischen Sportlehrer, den Einlass verwehrte und ob sie sich nun gemeinsam über sein Studentenleben in Rostock an der Universität unterhielten oder er, ihren Erzählungen aus der Kinder- und Jugendzeit lauschte oder aber, er ihr Geschichten aus Romanen, aus der Weltliteratur, wie z.B. „Flaggen auf den Türmen" von Anton S. Makarenko und diversen Theaterstücken „Die Räuber" von Schiller vorlas; die Beiden liebten diese „Leseabende zu zweit".

Ich persönlich, liebte sie „wie verrückt"; ich lauschte seiner „göttlichen Stimme und fiel ins „Koma".

Manchmal hatte ich mich nicht einmal umgezogen und lag „kreuz oder quer", so wie ich es mir beim Vorlesen eben bequem gemacht hatte, an oder über meinem „Vorleser".

Der wagte sich dann nicht mehr zu bewegen, um meinen Schlaf nicht zu stören, wie er am anderen Morgen, Kollegen gegenüber behauptete.

Wenn wir morgens in der Schule ankamen und er stöhnte, weil er Schmerzen im Arm oder am Oberschenkel hatte, brüllten unsere Kollegen vor Freude, wenn er ihnen seine „Schlafposition", nach dem Vorlesen, auf dem Schulflur demonstrierte.

Manchmal wenn ich sehr verschlafen in der Schule ankam, lästerten die Kollegen mit unaufhörlichem Grinsen: He, Doro, war der „Koffermann" wieder zu Besuch?

Ich antwortete lustig, lachend und bewegt: „Was wisst ihr denn schon"?

Sie lachten so laut, dass es auf dem gesamten Schulflur zu hören war.

Es war für uns Beide eine einzigartige, wunderschöne, unbeschwerte, problemlose und romantische Zeit in unserem Leben; die man nur einmal erleben kann; da waren wir uns ganz sicher.

Auch Johanna hatte inzwischen einen Partner gefunden und wir „hockten" sehr oft zusammen und genossen das „Sozialistische Jugendleben", so lange es uns noch zur Verfügung stand, denn am „Roten Politikhimmel, zogen schwarze, wenn nicht gar düstere Wolken auf"; (weiter geht's diesbezüglich in: „2 Deutsche Diktaturen").

Zu unserer Gruppe gesellte sich noch ein Musiklehrer, Englisch-Lehrer, Russisch-Lehrerin

und andere Fachkollegen, wie auch die
Unterstufenlehrer und Horterzieherinnen, mit
denen wir ständig zu gemeinsamen
Veranstaltungen unterwegs waren;
wie Tanzabende in der Kreisstadt, Kino- und
Theaterveranstaltungen, Land- und Städte-
Feierlichkeiten usw., usw.. !!!
Wir waren ein Team, gemischt aus „Jung und
Alt", das absolut funktionierte.
Zu dieser Zeit hörte man noch auf einen Rat
von älteren Kollegen; zumindest hin- und
wieder!!!!! Wir waren eine gute Berufs-
Gemeinschaft, die einen ziemlich familiären
Charakter hatte.

Wir lebten 6 Jahre dieses Leben; bis es uns
beruflich 1976 in die Thüringische Bezirksstadt
nach Erfurt zog (mein Mann wurde zum Trainer
im Leistungssport für Kugel, Diskus und Speer,
der DDR berufen).

Wir schreiben das Jahr 1976 und ein völlig anderes Leben beginnt, nimmt uns total in Anspruch!

Weiter geht's in diesem Zusammenhang mit extrem spannenden, speziellen Details aus dem Leben und Arbeiten in der damaligen Deutschen Demokratischen Republik, **der moderneren Diktatur, des Sozialistischen Proletariats; in: „2 Deutsche Diktaturen"– 2. Buch meiner Trilogie.**

Kurze Info für meine Leser in Sachen Trilogie

Mein Buch, dieses Buch, ist das 3. Buch meiner Trilogie und eng mit den anderen beiden Büchern inhaltlich verbunden; siehe anbei:

1. „Füchslein Ferdinand"
2. „2 Deutsche Diktaturen"
3. „Geliebter, TraumMann, Mein Macho"

Was unsere Liebe besonders und stark machte

Sie lieben einen Mann, der anderen Frauen auffällt, weil er extrem muskulös und kräftig ist, ein „großes Maul, wie ein Löwe" hat, wie man sagt und sich absolut nichts gefallen lässt.

ER vertritt seine Meinung vor jedermann; ob es den anderen passt oder arg missfällt; allerdings filtert er dabei sehr loyal.

ER besitzt, wie immer wieder erwähnt, ein angeborenes Sozialbewusstsein und ein immens großes Selbstbewusstsein.

Hautfarbe, Religion, Sexualität, großgewachsen oder klein, dick oder dünn, schön oder hässlich, nett oder frech, spielen bei ihm, innerhalb einer anberaumten Schlichtung, nicht die geringste Rolle. Schmeichler und Strippenzieher sind ihm dabei extrem unangenehm und kommen nicht aufs Trapez.

Diskussionen von ihm gelenkt, finden mit
Schülern und Lehrer-Kollegen ein von allen
akzeptiertes Ergebnis und Ende.
ER regelt und regiert, ER ist ziemlich gefürchtet,
wird aber auch sehr geachtet.
ER ist jemand, zu dem man hoch schaut.
Manchmal, wenn ich ihn dann so erlebe, dabei
bin, bei solchen Auseinandersetzungen, durch
seine Stimme teils erschrecke, wenn ER
Unaufmerksame zur Ruhe und Aufmerksamkeit
„verdonnert", dann denke ich mir ins geheim;
„besser nicht sein Feind sein" und dabei
schmunzele ich vor mich hin und bin auch
ziemlich stolz auf ihn; bei diesen regelmäßigen
Schlichtungen mit gutem Ausgang. Seine
Kollegen zeigen und äußern diesbezüglich sehr
viel Achtung und Anerkennung.
Doch betrachtest und analysierst du, ganz in
Ruhe, nun diesen Mann, der sich so verhält, wie
beschrieben und solltest eine Aussage treffen

über diesen Macho und sein Verhalten gegenüber
seiner Frau; dann wird es dir so, wie seinen
Kolleginnen und Kollegen gehen, die völlig
fassungslos reagierten, als sie ihn auf vielen
Schulausflügen, nach Tirol, am Silbersee oder in
Berlin erleben konnten, an denen auch seine
Frau (ich) teilnahm.

Dieser so oft unnahbar und streng wirkende
Mann, zerfloss vor Bemühungen und Sorgen um
seine Frau; stellte ihr im jeweiligen Bungalow,
von der Wiese gepflückte Blumen, in einer Vase
auf den Tisch, küsste und umarmte sie, ohne
Berührungsängste oder Scham vor Schülern oder
Kollegen; stellte sie auf einen Sockel, vor diesen
Kollegen und Schülern, dass es ihr geradezu
peinlich war.

Seinen Kollegen und Schülern gefiel es übermäßig
gut; sie fanden es ober cool, wie ich von ihnen zu
hören bekam.

Wo er auch nur konnte, setzte er sie (mich) als

Betreuerin für die Mädchen auf Klassenfahrten mit ein und erwartete, dass sie auch unbedingt, mit Freude und Gefallen, zusagte, obwohl sie ja auch einem ganztägigen Job nachging.

Glücklich war er nur, wenn sie in seiner Nähe war (auch arbeitsmäßig haben wir sehr viele Arbeitsjahre an gleichen Einrichtungen verbracht); er setzte es permanent durch und sie fühlte sich super gut und sehr begehrt; diese außergewöhnliche Zweisamkeit (im Beruf und in der Freizeit), fiel nicht nur seinen Kollegen auf, sondern zollte auch mir von meinen Berufskollegen, auch später noch, im Versicherungskonzern größte Bewunderung.

Ja, klar, nicht so einfach zu verstehen und nachzufühlen; was wussten sie schon von dieser Realität: „Wenn ein Macho liebt".

Doch dieser Mann, dieser geborene Macho, war auch fähig, konträr zu seinem „Macho-Gehabe",

Blumen, für sein „Doretchen" dauerhaft und permanent zu kaufen und Briefchen und Zettel zu verfassen; mit diesen, im Nachhinein aufgeführten bzw. ähnlichen Inhalt und Charakter.

Glauben Sie mir, ich war irgendwann zu 100 % davon überzeugt, den Richtigen erwischt zu haben, „Macho hin oder her"; Jemand, der so schaut, so küsst, so einfach alles tut, um zu gefallen, kann nur der Richtige sein ...schmunzel...schmunzel.
Überzeugen Sie sich jetzt selbst; anbei von ein paar wenigen, von schier unzähligen Beispielen, **UND achten Sie bitte auf einzelne „Anreden", die er sich nach Belieben aussuchte bzw. erfand, um mich zum Lachen zu bringen; „sein liebes Doretchen", wie dieses Beispiel zeigt: „Für meine Rose von der Thyra"; die Thyra ist ein Fluss, in der Nähe meines Geburtsortes und schauen Sie**

sich mal die Unterschrift genauer an; er unterschreibt mit: „Dein Knutschi"...das war sein selbsternannter Spitzname bzw. Kosename, den nur ich allein nutzen durfte. Hierbei können Sie sich jetzt köstlich amüsieren UND ich habe kein Problem damit, diese Liebesbekundungen, mit Ihnen zu teilen, denn das tat er ständig, egal, ob es Kollegen, Freunde, Bekannte oder wer auch immer war–

UND es gefiel ihm sehr, wenn man ihn deshalb bewunderte und auch beneidete, wie er es so oft hören durfte!

Einige Liebesbrieflein anbei; als Beispiele von hunderten, winzigen Liebesbeweisen, der besonderen Art, vom geliebten Macho:
an seine Thyrarose, sein Doretchen, sein Rettchen, seine Schmucki, sein Schwälbchen, sein Sonnenschein, seine Mittelmeer-Perle, sein

Schnuckelchen, seine zarte Rose, seine kleine Kirsche, seine Morgensonne, sein Schokoladenfresschen, sein kleines Schnabeltier, seinen kleiner Feger, seinen Augenschmaus, seine kleine Tussi, kleinen Schmetterling, seinen Nachtfalter, seine kleine Perle von Biarritz, seinen Seestern, sein Prachtkerlchen, seine kleine Gartenamsel, sein kleines Heidelbeerschnäuzchen, seine Atlantikbrise, sein Täubchen und seine Schneeflocke – ohne die er nicht leben konnte und wollte!

Du hast mir unzählige Male gesagt: Ich werde niemals ohne Dich leben können und deshalb werde ich vor Dir gehen; Gott wird es so einrichten !!!
Der liebe Gott hat es so „eingerichtet"; doch viel, viel zu früh, mein Geliebter.
Ich weiß es genau, dass es Dir sehr gefallen würde, dass ich nun dieses 3. Buch, meiner

Trilogie, am 1. Juli 2018, es wäre Dein 71 Geburtstag, veröffentlichen werde.

Dann folgt: „**Doro's persönliche Homöopathie**" bzw. das 5. Buch, 6. Buch, 7. Buch; alles ist möglich; sofern Sie Interesse zeigen!

Geben Sie ganz einfach, um auf meine Website zu gelangen bei Google ein:
Dorothea Maria Eckert (Autorin)

Ausgesuchte „Liebesbekundungen", aus schier unzählbaren, handschriftlichen Liebesbeweisen, einer ganz besonderen, einmaligen Art, die allmorgendlich in der Küche, egal welcher Küche, egal in welcher Wohnung bereit lagen; für mich, sein Doretchen, seine Frau, mit der er „Tausend gefühlte Jahre" glücklich war; Hinweise auf eine außergewöhnliche Liebe.

„HANDSCHRIFTLICHE BEWEISE" seiner Zuneigung und seiner unvergleichlichen, innerlichen Verbundenheit; lesen, staunen und amüsieren Sie sich; anbei gesamt 23 handschriftliche, allmorgendliche Liebesbekundungen, von schier nicht nachzählbaren Handzettelchen, aus 43 gemeinsamen Jahren, die mein Macho, mein TraumMann, mein Geliebter, jeden Morgen, in Eile, vor seinem Dienst, für mich anfertigte und unübersehbar bereit legte;
sie sollten die Sehnsucht nach ihm wecken !!!

WAR ES SO ? Taten sie das ?
Absolut, seine Planung ging auf !!!

(1)

Text zu (1)

Für meine Rose von der Thyra!

Zum 49. Geburtstag wünsche ich meinem lieben

Doretchen (abgeleitet von Dorothea, mein

Vorname) alles erdenklich Gute!

Verdient hast Du die größten Edelsteine der

Welt!!! Da ich die aber nicht besitze, sollst Du

immer gesund bleiben (was viel wichtiger ist) und
alle Deine Wünsche sollen in Erfüllung gehen!
Viel Glück im neuen Lebensjahr!
Dein Knutschi

(2)

Text zu (2)

Morgen 2x 30igerin – Mit dir gehe ich jeden
Weg gerne. Du bist mein Sonnenschein, mein
liebes Schwälbchen! Dein Tasso. d.d.s.l. – der dich
sehr liebt. An diesem Tag bin ich 60 Jahre alt
geworden und außer diesem ,,Wahnsinn-
Liebesbeweis" gab es Champagner....und vieles
mehr, wie z.B. einen ,,Muschelring" (Seite 151),
juhu...wir liebten diesen Blödsinn !!!

(3)

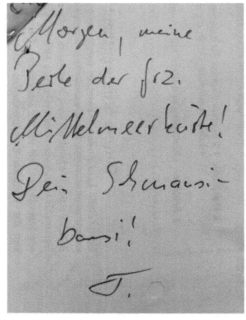

Text zu (3)

Morgen, meine Perle der französischen
Mittelmeerküste!
Dein Schmausibausi! T. – Tasso

(4)

Text zu (4)

Mein liebes Dortchen!
Vielen Dank für die 26 schönen Jahre, die Du mit mir ausgehalten hast!

Ich liebe Dich sehr!
Dein Hochzeiter
T. – Tasso

Den Begriff „Hochzeiter" hatte ein Junge von 6 Jahren geprägt, der uns während unseres Hochzeitsspazierganges am Waldrand, 1971, im Harz, begegnete und meinen Mann, folgender Maßen ansprach: „Ach, du bist doch der Hochzeiter" !!!
Von diesem Tag an gehörte dieses Wort zu unserem ständig gebrauchten Wortschatz, wenn wir dringend mal wieder lachen wollten.

(5)

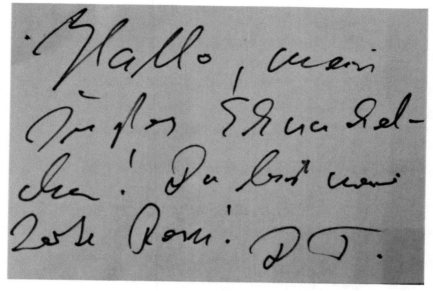

Text zu (5)

Hallo, mein süßes Schnuckelchen!

Du bist meine zarte Rose!

D.T. – Dein Tasso

(6)

Text zu (6)

Meinem lieben Doretchen zum Weihnachtsfest
1997 die besten Wünsche und alles erdenklich
Gute für 1998!
Dein Tasso, der Dich sehr liebt!

(7)

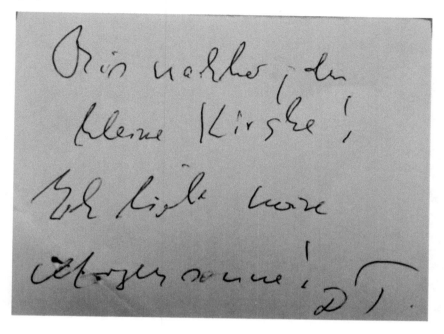

Text zu (7)
Bis nachher, du kleine Kirsche!
Ich liebe meine Morgensonne!
D.T. – Dein Tasso

(8)

Text zu (8)

Zum Geburtstag wünsche ich Dir, mein liebes
Doretchen, alles nur erdenklich Gute!
Bleib so wie Du bist, denn Du bist einsame
Spitze!!!
Dein T. – Tasso (2012)

(9)

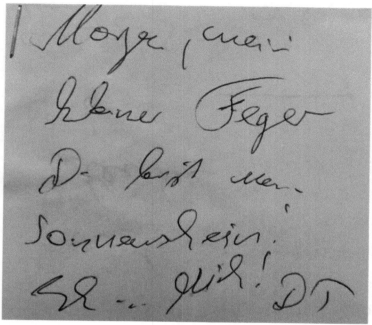

Text zu (9)

Morgen, mein kleiner Feger.

Du bist mein Sonnenschein;

Ich........dich! (Ich liebe dich, wir kürzten es am

Telefon und manchmal auch schriftlich ab: es

war nur für uns verständlich!)D.T. – Dein Tasso

(10)

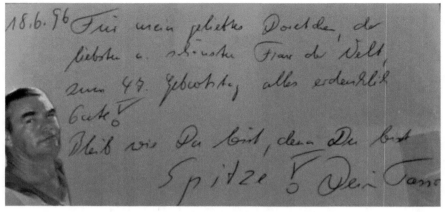

Text zu (10)

Für mein geliebtes Doretchen, der liebsten und
schönsten Frau der Welt, zum 47. Geburtstag
alles erdenklich Gute!
Bleib wie Du bist, denn Du bist Spitze!
Dein Tasso

(11)

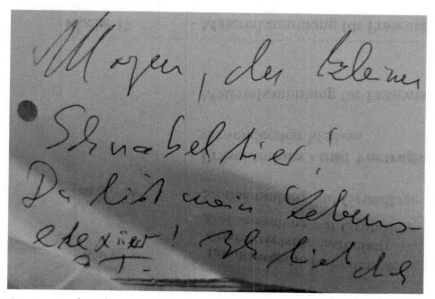

Text zu (11)

Morgen, du kleines Schnabeltier!

Du bist mein Lebenselixier! Ich lieb dich.

D.T. – Dein Tasso

(12)

Text zu (12)

Zum Geburtstag wünsche ich Dir, mein liebes
Doretchen, alles nur erdenklich Gute!

Bleib'so wie Du bist, denn Du bist einsame
Spitze!!!
Dein T. – Dein Tasso

(13)

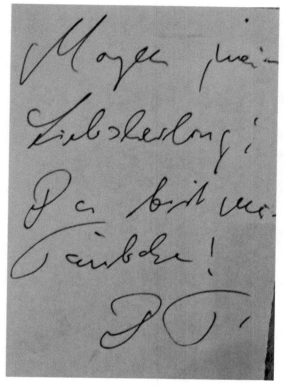

Text zu (13)

Morgen, mein Liebscherling!

Du bist mein Täubchen!

D.T. – Dein Tasso

(14)

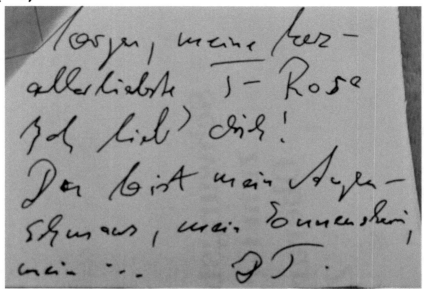

Text zu (14)

Morgen, meine herzallerliebste T-Rose-(Thyra-Rose)

Ich lieb dich!

Du bist mein Augenschmaus, mein Sonnenschein, mein.........DT. – Dein Tasso

(15) <u>Zum „Niederknien"</u>

Morgen, mein Sonnenschein!
Du bist mein Leben!

DT. – Dein Tasso

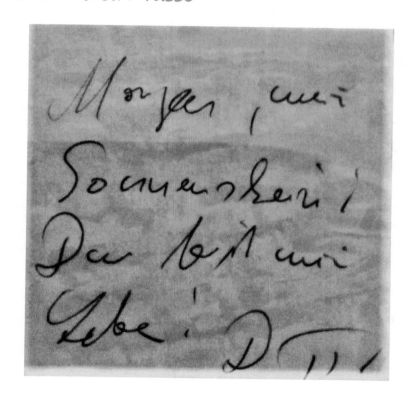

(16)

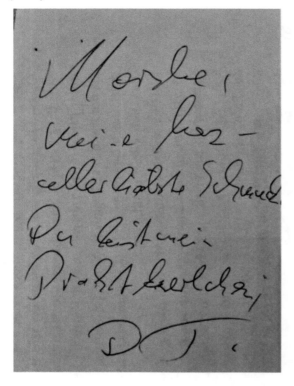

Text zu (16)

Morsche, meine herzallerliebste Schmucki, Du
bist mein Prachtkerlchen; Dein Tasso

(17)

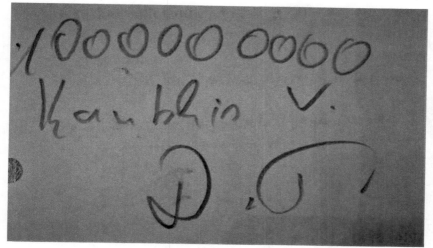

Text zu (17)

1 000 000 000

Knutschis v. D.T. – von Deinem Tasso

(18)

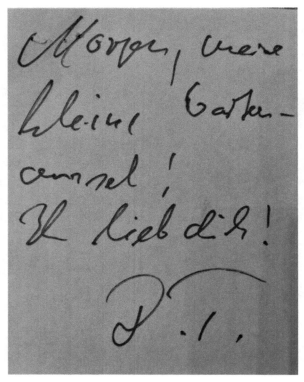

Text zu (18)
Morgen, meine kleine Gartenamsel!
Ich lieb dich!
D.T. – Dein Tasso

(19)

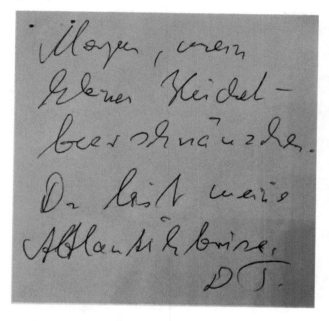

Text zu (19)

Morgen, mein kleines Heidelbeerschnäuzchen.

Du bist meine Atlantikbrise.

D.T. – Dein Tasso

133

(20)

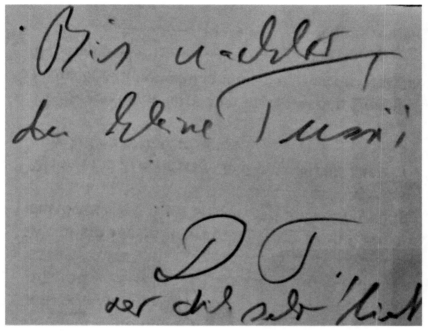

Text zu (20)

Bis nachher, du kleine Tussi!

D.T. – Dein Tasso, der dich sehr liebt.

(21)

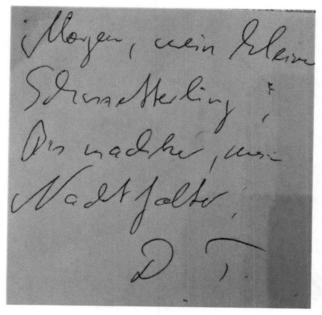

Text zu (21)

Morgen, mein kleiner Schmetterling.

Bis nachher, mein Nachtfalter.

D.T. – Dein Tasso

(22)

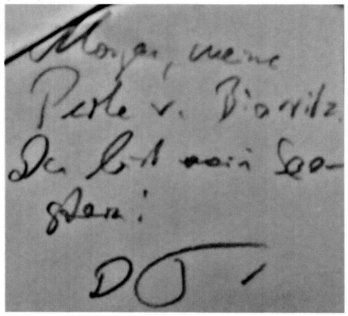

Text zu (22)

Morgen, meine Perle von Biarritz.

Du bist mein Seestern!

D.T. – Dein Tass0

(23)

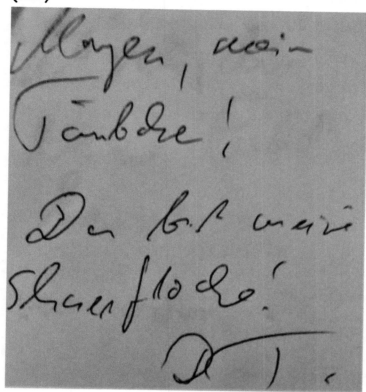

Text zu (23)

Morgen, mein Täubchen!

Du bist meine Schneeflocke!

D.T. – Dein Tasso

Ein „Muschelring", den ich goldfarben lackiert habe, nachdem ihn mir mein TraumMann, an der Küste der Normandie, auf den Weg zu den D-Day Stränden, des 6. Juni, im Jahr 1945, im Sand „aussuchte" und mir an den Finger steckte und sagte:

„Damit gehörst Du mir für die Ewigkeit" und ich antwortete mit: „JA, für immer und ewig" – nachdem bereits knappe 30 Ehejahre hinter uns lagen!

MEIN MUSCHELRING,

„Der Muschelring, der ewigen Treue"

Besondere Ferien: Einer historischen Karte folgend, von der Bretagne aus in die Normandie, gelangten wir entlang der „D-Day Strände," zum „Pegasus Memorial" (Museum) in Frankreich, in dem der Wagemut britischer und kanadischer Fallschirmtruppen erörtert wurde, die den Angriff auf Hitlers „Festung Europa" eröffneten und die linke Flanke der Invasionsfront 1945 hielten- authentische Exponate des historischen Geschehens, wie u.a. die Brieftaube, die es mit der Nachricht vom Erfolg der Mission, tatsächlich 150 km über den Kanal geschafft hatte, um extrem wichtige Botschaften für die Alliierten zu transportieren oder die Gedenktafel an den ersten Toten des D-Days und auch die Pegasus Brücke u.v.m., was uns in dieses unübertroffene Museum, der D-Day Erkundungstour gelockt hatte.

Unser gemeinsamer Weg zu den D-Day Stränden
in der Normandie:

UTAH Beatch

OMAHA Beatch

Gold Beatch

Juno Beatch

Sword Beatch, deren historische Bedeutung

immens war und ist; wo man aus dem Staunen

nicht heraus kommt !

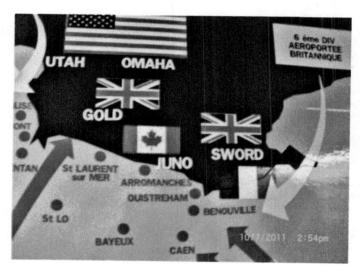

Den historischen Weg niemals verlassend; doch auch den Genüssen des Lebens „Wie Gott in France" zu leben, folgend und genießend: Kurz vor dem Pegasus, ein Restaurant der besonderen Genüsse; ganz nach dem Geschmack meines „TraumMannes" !!!

„Wasser-Krabbel-Tier" jeglicher Art"

Auch Englands historische Küste folgte unserem Verlangen, z.B. von Calais, France nach Dover, England; eine unbeschreibliche Fahrt auf dieser französischen Fähre.

TraumMann in knallroter Telefon-Zelle
direkt in Dover (England) !!!

Auch dem profanen Luxus folgend, viel später, wenige Zeit, bevor ich ihn, meinen Geliebten, für immer verlor:
Monte Carlo – Spielkasino – Cote Azur

Folgend: Cannes, France— ein Ort, der die Filmfestspiele im besonderen Licht erscheinen lässt; doch ist „der oder das" real? Absolut nicht; nichts ist hier real oder gar für „Jedermann" !!!

Der Bildung schuldend: Der Pracht-Garten von „Renoir" in France.

DIE KANAREN– Silvester 2011 zu 2012 und
viele Jahre davor, innerhalb der Schulferien.

Flippig und blödelnd, wie Kinder !!!

Teneriffa speziell über viele Jahre; auch zur Jahreswende, um Kraft und Gesundheit zur nächsten"Aktion" zu tanken; mit Erfolg; wir hielten Beide über 43 Arbeitsjahre durch !!!

Viele, weitere unzählige Orte mehr: wie, die Amalfi-Küste, Capri, Rom, Paris, Bretagne, Zypern, Mallorca, Andalusien, Griechenland, Türkei, Italien Prag, Leningrad, Riga, Lodz, Neapel, Parma und und und,wunderbare Erinnerungen, die nicht mit ihm gegangen sind, als er mich „verließ", für immer und ewig; sie bleiben mit ihm, in meiner Erinnerung , wie es war....DAMALS, als wir ausgedurstet aus dem hermetisch abgeriegelten Osten, der DDR kommend, uns Beide das wunderbare Europa und die sonstige Welt ansehen durften !!! Noch immer habe ich nicht wirklich, wieder einen Fuß auf den Boden bekommen; aber, was macht das schon; für meine Allerliebsten, „Die Kinder"- „schwebe ich auch gern" und dafür braucht man bekanntlich keinen Fuß auf dem Boden !!!

Wenn Du mich gefragt hast: „Wenn ich eher gehe, wirst du an mich denken, Doretchen?"

ICH WERDE DICH IMMER LIEBEN UND IMMER AN DICH DENKEN – solange mein Herz schlägt und mein Bewusstsein sich an unsere unvergleichliche Liebe erinnert – mein Geliebter, mein Traummann, mein Macho –

Deine Thyrarose, Dein Doretchen, Dein Rettchen, Deine Schmucki, Dein Schwälbchen, Dein Sonnenschein, Deine Mittelmeer-Perle, Dein Schnuckelchen,

Deine zarte Rose, Deine kleine Kirsche, Deine Morgensonne, Dein Schokoladenfresschen, Dein kleines Schnabeltier, Dein kleiner Feger, Dein Augenschmaus, Deine kleine Tussi, Dein kleiner Schmetterling, Dein Nachtfalter, Deine kleine Perle von Biarritz, Dein Seestern, Dein Prachtkerlchen, Deine kleine Gartenamsel, Dein kleines Heidelbeerschnäuzchen, Deine Atlantikbrise, Dein Täubchen und Deine Schneeflocke – ohne die Du nicht leben konntest und wolltest.

Dein kleiner Feger, Dein Augenschmaus,
Deine zarte Rose, die,
mit dem wunderbarsten Macho,
TraumMann und Geliebten der
ganzen Welt verheiratet war !!!!

Jetzt sehe ich Dich
schmunzeln !!!

„Dein kleines Heidelbeerschnäuzchen"

"Dein Schokoladenfresschen"

Deine ,,Rose von der Thyra"

DEINE Frau und Autorin Dorothea Maria Eckert

Frankfurt am Main dem 01.07.2018

167

Herstellung und Verlag:
BoD - Books on Demand, Norderstedt
ISBN: 978-3-7528-2343-1